# 跑步向太阳

刘天瑞——著

知识产权出版社
全国百佳图书出版单位

**图书在版编目（CIP）数据**

跑步向太阳 / 刘天瑞著．—北京：知识产权出版社，2019.8
ISBN 978－7－5130－6174－2

Ⅰ.①跑…　Ⅱ.①刘…　Ⅲ.①中国文学—当代文学—作品综合集　Ⅳ.①I217.2

中国版本图书馆 CIP 数据核字（2019）第 054128 号

**责任编辑**：崔开丽　王小玲　　**责任校对**：王　岩
**封面设计**：北京麦莫瑞文化传播有限公司　　**责任印制**：刘译文

## 跑步向太阳

刘天瑞　著

| | |
|---|---|
| 出版发行：知识产权出版社有限责任公司 | 网　址：http：//www.ipph.cn |
| 社　址：北京市海淀区气象路 50 号院 | 邮　编：100081 |
| 责编电话：010－82000860 转 8377 | 责编邮箱：cui_kaili@sina.com |
| 发行电话：010－82000860 转 8101/8102 | 发行传真：010－82000893/82005070/82000270 |
| 印　刷：北京嘉恒彩色印刷有限责任公司 | 经　销：各大网上书店、新华书店及相关专业书店 |
| 开　本：880mm×1230mm　1/32 | 印　张：5.25 |
| 版　次：2019 年 8 月第 1 版 | 印　次：2019 年 8 月第 1 次印刷 |
| 字　数：120 千字 | 定　价：45.00 元 |

ISBN 978－7－5130－6174－2

# 他　序

我偶然听说一个中学女生要出一本书。

她叫刘天瑞，是北京四中高三学生。

北京四中的名气谁人不知？刘天瑞是学校读书社社长，更不是一般人。她喜爱阅读、写作，初中时就读了村上春树、余华等人的作品，高中更将视野拓宽到文学、传记、哲学、历史等各类“杂书”，并形成了自己的思路和写作风格。她最初公开发表的《春的断想》，开篇就不同凡响。

“春总是矜持又羞涩地藏在冬天的身后，任由冬降下绵绵的雨夹雪。”

待到春末夏初，你不想让春离去，“徒劳地伸出无力的手去抓住她的衣袂，不慎扯下一角，却发现手中仅一枝迎春花”。

只有天真的女孩才这样看待春天，让人联想到史湘云赏春时憨态可掬的画面。

刘天瑞的文章不长，却好读。文章标题“貌不惊人”，如《读〈西方哲学史〉有感》《经典与流行》《写给我的2017》，还有《支教总结》，但标题下的文章却各有各的精彩，吸引你一篇篇往下看。

议论文《“哑笑”与“痛哑”》探寻艺术家是些什么样的人。文章谈陈丹青对鲁迅的评价。一个画家，一个作家，看似风马牛不相及，但本质上却又相通。画家和作家都是艺术家，他们跟大众生活在同一个社会，却“永远不被同化”。他们能“在生活的瞬息之间捕捉到吉光片羽”，并无限放大做到极致，“怀着一种疯子般不服输的劲头和狂热”，在大彻大悟之后是一种“深刻的孤独”。作者没有用“天才”“勤奋”“执着”等“俗”词，却用自己独特的笔法为天下艺术家画了一幅传神的速写。

《读〈西方哲学史〉有感》，谈罗素这位数学家写的哲学史。数学与哲学是差异极大的两个学科，罗素却把两者奇异地结合在一起。他除了在数学和哲学两个学科的杰出贡献，居然得过诺贝尔文学奖，还写过一部《论儿童教育》。真是一位无所不知的奇才！刘天瑞议论说，当代社会人们把“文”“理”“艺术”划分得太清晰，其实跨越这“鸿沟”可以“成就出美妙的造物来，那是世界本真的形态”。看来这个中学生对目前一统天下的分科法不以为然，希望教育能更发扬人的本性，让世上出现更多罗素。刘天瑞称赞罗素的哲学史是一本“找不到废话的书”，赞赏罗素将逻辑思维与人文精神绝妙地结合起来。她说，如果把哲学比作一个“柔软光滑的蚕茧”，罗素便是“用数学这纺线机抽丝剥茧，做出了美丽上乘的衣物”。多像推广罗素哲学的一句精彩别致的广告词！

刘天瑞能把一篇《支教总结》也写得不落俗套。她这样描述那所中学的环境：没什么特别，跟农村老家差不多，“甚至条件更好些——至少厕所还能冲水”。感性、简洁，是她的文笔特色。她见到的学生十四岁上下，“正是洛丽塔的年纪”，教室和过道“闻到浓重的汗味”，他们起立用普通话大声喊老师好，听起来“以为是皇帝上朝了”。这古今中外的场景转换令人莞尔。她看到学校老师整堂课讲卷子，让学生做卷子，有的孩子盯着选择题“足足看了二十分钟还没有动笔”，这状况让她感到“深重模糊的悲哀与无能为力”。她看到孩子们对自己这样去支教的小老师总是给予“无限的包容、好意与爱”。离别时好几个支教小老师流下眼泪甚至泣不成声，她却“眼眶干干的，笑着冲他们挥手再见”。她说，有生之年多半不会再来，但会记住这个地方，“也许会在生活中毫不相干的瞬间想起它，然后就什么都出现了，他们又回到了我身边”。道是无情却更有深情。

另一篇文章的标题奇特：《跳跃 探索的 具有极高自主性的 宏观的》，说的是从文学家海明威、莫言等人的作品能读出作家的为人，其实任何文字创作都是一面镜子，“可以窥见作者的性格”。她自己常在下笔的过程中“都没有预料到后续的发展”，虽然“逻辑不那么清楚”，但读她的作品就可以看到她的思考过程。她写文章喜欢感性、直观，认为用新鲜的方式捕捉和描述自己的感觉“更能准确地把作品的精神传递给读者”。前面的一些引文已经展现了这种新颖的风采。

刘天瑞说，她的另一个“偏好”是从小事看世界，“摸索事物的本质”“看见人类、社会、世界乃至宇宙……”她说，如果算上小学生习作，她在写作这条“苦涩甜美”的道路上已然“走了十几年，将来还会随着我的人生和世界的发展走得更远”。

最后这句话也算是我对刘天瑞同学的祝愿。

龚文庠①

2018 年 12 月 4 日

① 龚文庠，北京大学新闻传播学院教授、博士生导师、北京大学传播与文化研究所所长。

# 自　序

摇滚歌手 Bruce Springsteen 曾在一首歌中如是唱道："我们生来奔跑。"而地下丝绒乐队也有一首纯音乐名为 *Ride into the Sun*，大致可以译为"骑马/骑车，向太阳里奔驰"。而我要将这两个标题结合起来，变成 *Run into the Sun*，逐日——跑着奔向太阳中心。这句话我很喜欢，它大概反映了我对人生的态度：太阳是我心之所向，奔跑是我的方式。

**1**

太阳是理想与美好的事物，是真理。太阳忠实地东升西落，在亿万年前缔造了稳定的地球环境与其上无数的生灵。它的寿命太过漫长，它的存在太过寻常，它在无形当中便拥有着永恒的意味。当你在人世中太过疲惫，被生活压垮到只看见地面，不妨看看太阳。太阳安稳地居于苍穹，光彩夺目。你好像进入时空隧道窥见了亿万年的历史，见证了宇宙的博大无言与己身存在之渺小——太阳给人以力量，从生理学和心理学的角度都如此。当你看向太阳，会不禁想象：上面真的有神存在吧？不然那种油然而生的崇拜感与信仰感从哪里来呢？

所以我觉得夸父要逐日是顺理成章的。夸父以奔跑的方式试图追求永恒，却在没有尽头的奔跑中了结了一生。

太阳象征着绝对力量与无尽永恒。奔跑是人的能力，象征着不停歇的追索。人以奔跑的方式追逐太阳，是以有限追求无限，以相对叩问绝对，以渺小向往伟大。而人的一生，也酷似这个过程。

有些人追逐与日同寿——古代的帝王潜心研究炼丹，服长生不老药，而今人绞尽脑汁延长寿命也是换汤不换药；有些人追逐与日同辉——政治家追求历史上的伟大形象，艺术家、文学家追求极致的美丑，探索人类创造力的边界。但没有人能真正做到：我们不过是在人类所创造出的舒适中狂妄地兜圈子罢了。人类的生命是太阳赐予的，我们没有权利去傲慢地妄图征服它。

但人也不能不追逐太阳——否则人类只会流于愚昧，社会只会陷于野蛮与落后。一个人不拥有对希望和远方的渴望、对力量的赞誉与向往或是对美丽的欣赏，与动物又有何区别？高度发达的意识使我们拥有这些能力，将我们和动物区别开来。我们是有追求、有信仰的，“半觉醒的动物”。而正是这种半觉醒的特性使我们在追求形而上的绝对的同时又被七情六欲拖回地面。在这道罅隙的挣扎间，人类强大又脆弱，高贵却不能免俗，人类纠结着，前进着，创造历史，改变世界。

## 2

奔跑是不停歇的追索，如上部分所述。你必须为了你的生存资料而跑，向前跑，带着很多东西跑，跑向未知的终点，生无所息。人生而奔跑，但这不是竞速。在人类社会的标准下“超过”别人并没有意义，更重要的是超越过去的自己并欣赏沿途的景色。在奔跑中你领略到沿途风光，并且沿途不时有人加入你的行列；在奔跑中感到阳光明亮，清风徐来，或大雨滂沱，或阴霾，你在处境的变化中寻找恒定的自身并依赖于它；在奔跑中你会愉悦或疲累或麻木，但这正是因为我们活着，并向着自己的方向奔跑才会有的宝贵感受。在跑步中我们寻找到平静，寻找到自由。当我们的身体终于带不动自身，我们倒下，消失在太阳的光芒里。

我们留下的会是茂密与雄奇的险峰，以供后人解渴休憩。

## 3

我的确很喜欢太阳，并且喜欢在阳光明媚的天气跑步。

太阳可以是火红而柔和的，将早晨或傍晚天空中的深蓝色渲染出一片明亮渐变的红霞或火烧云；太阳可以是耀目明亮的，明晃晃地挂在晴朗的蔚蓝天空下，散发出接近于白色的刺眼光芒，其中蕴含的绝对的力量感使人敬畏又难以直视。我常常试着直视太阳，看它缓缓落到领操台的上方，被楼层和云层簇拥着，仿佛正被加冕的王。拍摄早晨或傍晚的火烧云与天空也是我的一大爱好，层层绚烂的色彩相浸染渗透形成连缀，仿佛置身莫奈的画作中。我早晨上学向东去，傍晚回家又向西，我得以领略两重风光。从这个层面上来说，我人生的奔跑的确“向着太阳”。

跑步很好，沐浴着阳光跑步更是好上加好。村上春树说：“跑步是可选择的磨难。”“肉体才是人的圣殿，我们应尽力保持它的美丽、清洁与强健。”跑步是保持身体健康健美的重要途径，也是磨炼意志力的一种方式。以体育中考为契机，我养成了跑步的习惯，大概一周一到两次，每次五公里左右。这个过程算不上是享受，但绝不令人后悔，徒留舒畅——有什么比学习一天后听着摇滚乐，享受美丽风景更令人愉悦的呢？学习是追逐永恒真理，是抽象化的追逐；跑步是追逐自己内心的自由与限度的方式。两者都没有终点，它们是我的太阳。所以学习后晒着太阳的跑步便是受到了三倍太阳力量的加持，我不能更感激了。

我在奔跑中追逐太阳。我希望追溯历史，目及远方，活在当下，展望未来。我渴望了解这个世界的内在规律和它的美丽丑恶。也许我能够知道相对论的原理，也知道哪里的巧克力最好吃。也许我可以与绝对精神相感应，与自己的内心对话。人生的奔跑只有一次，而且跑后什么都带不走，我可要好好珍惜。

**4**

我不求抵达太阳中心。我只希望我能在大地上自由地奔跑，再成为星尘的一部分。永远自由，永远向往崇高。

# 目录 Contents

## 品百味书香

## 寻先贤智慧

## 书素锦华年

## 后 记

品百味书香

## And you're looking into it

读《看灵魂》有感

作者触景生情，看景的时候像戴了一副有色眼镜，从里面看出自己的倒影来；读者看书，看到那种自己体会到的微妙情感或事件，不免心头震颤——这也是从书里，从作者处看到了自己。于是读者的理解随着名人背景的不同而分化，所谓“一千个人心中有一千个哈姆雷特”。这一千个哈姆雷特，正是一千个人的自我与认知的投射。

在一个好故事，一部好小说里，大多数人或事情都有着各自对应现实的投射，经过作者加工和叙述后得以呈现在世人面前。所以人们在读它们时往往感同身受，从各个角度都有理解和共鸣。这又是一种“哈姆雷特”。而如果你去挖一挖作者的经历和背景，你又会发现有趣的现象：作者们常常有意无意地将自己的观点、特点或偏好呈现在作品当中。

作品是作者思想的产物，是作者们去过的地方，经历过的事情和他们自身观念所集合出的“虚无”。作品往往带有作者的个人色彩。作者写东西，一部分是因为创作的激情和欲望，而这是很私人化的东西。

简·奥斯汀的爱情虽未能如愿，但这位才女经常创作美满的爱情故事。她在作品中实现了自己的愿景，由不完满到完满，人人都爱她写出来的故事。读者们与奥斯汀感同身受，在“虚无”中看见美好并间接地体验它。因此，在作者身上的投射往往也适用于读者。

## In memory of

读《巴黎墓地书》有感

在拉雪兹神父公墓，许多灵魂沉睡于此。王尔德墓上布满唇印，波德莱尔墓旁栽满鲜花，而杜拉斯的墓前是各位扫墓者留下的笔。人们大概是希望她在彼世也笔耕不辍。

整个墓园熙熙攘攘，逝者的墓前往往有鲜花，以前墓碑上通常还会有涂鸦。生者和逝者通过这种纪念方式联系了起来，给人以人文关怀的温暖，就仿佛他们从未离开。生命一直不息地流动。

放眼巴黎，乃至整个欧洲，坟墓往往建在住宅旁或城区中，并无什么不吉利的忌讳。而即使是普通人的墓，也往往精心修葺，旁边总有鲜花盛开，石碑和十字架光洁如新。在远处看来，一片墓地倒不像是会有孤魂野鬼出没的地方，更像是一片公园。亲切、平常而美丽。

在那里，所有灵魂都有了合适的栖身之地；在那里，逝者不会感到恐惧；在那里，生活在尘世的生者依旧爱着长眠于此的人。

墓是为了纪念死者而作的。虽然死者并不会知晓身后事，但爱着他的人依旧精心地料理后事，为他扫墓、修缮。墓寄托了死者的存在，生者心理上得到了慰藉：他就在那里，等着我们。

可以说，墓是一个象征，连接了生与死，欧洲人们把墓地修建得精美而富有生活气息，与周围景色融为一体，是对生与死这一客观事实的平静接纳。死亡或失去并不悲伤，我们都有以后的路要走。

# 读《足球：文明人的战争》有感

在《化身博士》中有一句台词“In each of us, two natures are at war”，大意就是在每个人心中都有两种本性在做着斗争。

这句话还有另一个翻译版本：每个人都徘徊在善与恶之间。我觉得，这两面倒不如释义为“兽性与人性”来得贴切，即本能与后天形成的自我斗争。暴力与文明的斗争就像这样，在每个人的身上贯穿一生。

放眼看，文明与暴力的斗争史不仅贯穿每个人的一生，而且贯穿整个人类历史。本文中提到的欲望出口——足球，在古罗马就变成角斗，万人盛事，对抗，冲撞。不过角斗比现代运动血腥残酷得多，所以随着社会发展它消失了。而现有的运动会在以后也会被视为“野蛮”吗？抑或“残酷”？这是个值得思考的问题。

我们的社会越来越文明，大家学会在公共场合压抑自己的生理需要，不随地解手，不高声交谈，而在这看似越发规矩的社会之下，也有不安的因素，像烧开水前默默堆积着的气泡一般汩汩上翻，最终可能会在一个时机爆发。欲望和兽性的诉求只是被掩饰得越来越好，从来没有消失过。

还记得《发条橙》里，主角是个暴力少年，他被捉去做“洗脑”的实验来消除他的暴力倾向。他被打不还手，对性避之不及。然而就像被压住的弹簧，在形变以后终究会弹回来。主角最后本性不改，继续胡作非为。结果当然是失败了。

《发条橙》是本问世于二十世纪五六十年代的书，然而它抛出的问题依旧悬而未决，“恶”或是暴力能否被消除？今天无论医学还是教育学都不能给我们一个答案。我相信暴力不能，也不可能被根除。它是兽性，也是人性。

如今我们有了如此多的发泄“恶”的出口：竞技体育，漫画，电影，游戏，甚至某些公司里出现供人发泄的沙袋和用来摔的盘子。我们允许血腥猎奇的存在，理解运动比赛时大声的呐喊发泄。我们对于自我的认识更加深入，对自己也更加宽容。

# 漫长的告别

## 读《蓝印花布》有感

读《蓝印花布》至第二部分，我惊觉在美术课上似乎用扎染做过蓝印花布。板蓝根的蓝色在锅中煮沸，渗透到浸泡其中的在不同位置扎着橡皮筋的白布上，从而形成各异的蓝白相间的花纹。步骤当然比文中讲述的传统方式简便得多，不过花纹的精细和繁复程度也有所下降。

对我而言，这很有趣。仿佛身处明亮教室中的我们有了一个个异时空、同位体，在手中重复着古老的艺术。传统和现实被割裂开来的感觉是如此清晰。现实中的我们只能通过美术课，利用被简化的加工步骤窥见遥远历史的吉光片羽。它们从来不会真正进入我们的生活中。

很悲哀，这种事情难以避免。现代化、国际化必然如潮水一般渐渐吞没一些传统的东西，这是发展的趋势。传统不会被完整地继承下来，即使是“优秀传统文化”。中国太大，历史太久，东西太多，有无数的神秘角落待人发掘。每一件物品和记忆，都封存着一段故事和多样的情感。它们是人化的产物。多少鲜活的记忆，了无声息地从这世界上离开。

于是，好像被轻轻推向岸的海浪或水波，有些传统慢慢地蒸发，最终散入空气里。一种情怀，几种情感从此了无踪影。因为它们不符合时代的发展规律，不能再被赋予新的时代价值，不再兴盛，只能作为数据或文字长存于世，其间的情感和人化的色彩不见了，渐渐由温暖转为冰冷。这是必然的——我们的时代不能带着所有的东西向前匍匐。每每想到这里，就会想起中国的近代史：旧的先被摧毁，才能有新的好东西。

蓝印花布，作为消失中的传统手艺的缩影，其存在令我们心焦。就像躺在床上奄奄一息的植物人，它还活着，只是什么声音都发不出来，我们试图呼唤它，抓住它，然而够不到，也抓不住——

现在的传统手艺已经消失了不少。随着时代发展，可能还有更多，这些传统手艺是培养再多的学徒也难以抢救回来的。我们眼睁睁看着它们化作千风，想得而不得不放手，这个过程又慢又痛苦。

死亡往往伴随着新生。在旧有的厚重文化土壤上必将生长出更富有生机活力的新事物。有些具有时间和地域限制的传统文化势必消失，但又会有更加隽永的，能被赋予时代精神的东西留下来。比如百家争鸣时期儒家、墨家、道家、法家等学派的学说，中国乃至全世界的人无论在哪个时代都能发掘它的意义。同时我相信，即使在一千年之后，人类依旧能欣赏《兰亭集序》。

钱德勒在《漫长的告别》里说：“每次告别都像是死去一点点。”对于某些传统文化的告别，那就会是死亡中的新生。

# 罗素逻辑思维与人文精神的绝妙结合

读《西方哲学史》有感

罗素生平有一个非常有意思的点：在剑桥获得数学学士学位后，他又选择继续学习哲学专业。现在来看，数学和哲学是两个学术性极强、差异极大的学科，但罗素把它们奇异地结合在一起，在二十多年间，他同时从事数学与哲学的研究工作，且做得相当成功。

在人们的印象中，数学与哲学，一个机械刻板，一个偏执疯狂。罗素将两种学科的精神与精要融合汇聚于他的头脑中，再佐以一些人文精神和个人思想，由此诞生了《西方哲学史》这本著作。

《西方哲学史》内容如其名，主要讲述西方哲学的发展历程。书中内容丰富完备，逻辑结构清晰完整，语言表达简洁有力，是一本找不到废话的书，读起来会比较耗费精力。从其中你能看到作者清晰冷静的头脑，没有太多的反问和强烈的主观色彩，论述严丝合缝，宛如一个个精密细小的齿轮运行流畅。其中还有平易近人的文风和偶尔的幽默色彩，这本书也因此生动起来。读这本书如潺潺溪水在心中、脑中徜徉，平滑清凉，抚慰人心。不时一两滴激起的小小水花使人感受到纯粹的、对世界之美的热情。读到畅快处，仿佛一伸手就能抓到世界的本质，而脚下是无垠般如玛瑙一样闪闪发光的人性和思想；心中是求知欲，是拼图拼上最后一块的妥帖与满足感，是快速奔跑的畅意。最终抬头仰望，你会发现，是星空。

罗素是个有魔力的人。读罢《西方哲学史》，有种听完一首古典乐的满足与舒畅。

究其原因，我认为他是接近了“世界的本质”。数学是一门“本质”的学科，它的精密，它的准确，曾让多少哲学家为之沉迷叹服，它身上散发出一种无懈可击且神秘的美，正如这个世界。数学抽象地体现了这个世界的规律以及逻辑性，罗素对数学的感知使他的思想变得富有条理，数学的思想成为他思考的工具。而哲学，是一门探索本源、不断追问世界的富有人文气息的学科，它体现着人类的求知欲、旺盛的好奇心与无边无际的想象，这种精神是人与动物的一大区别，也是人所以高贵的原因。同样是有“本质”感的学科，如果哲学是一团品质上佳的绒线或一个柔软光滑的蚕茧，那么罗素便是用数学这纺线机抽丝剥茧，最终做出了美丽上乘的衣物。他将理性精神与人文精神交织碰撞，得到了了不起的思想成果。

值得反思的是，当代社会人们往往将“文”“理”“艺术”的界限划分得太过清晰，而不知他们本可以一起成就出美妙的造物来，那是世界本真的形态。我期待着会有人从纷繁嘈杂的信息洪流中探出头来，静静欣赏古希腊先人们曾热切注视过、探索过的那一片无穷星空，将世界之美与奇妙铭记于心。

# 读《在卢梭铜像面前的思索》有感

老先生的文字中有一种二十世纪特有的诚挚和朴实。他好像就坐在你的对面，直视你的双眼，语调平和而真诚地与你讲自由、民主和权力。

卢梭以为在主权者的统治之下，所有人都能获得自由。而他忽略了其中重要的一点：当权者滥用权力的问题。贪婪导致权力的滥用，继而遭到反抗，然后覆灭。

其中涉及一个问题——权力滥用，滥用在了哪里？怎么做的？我们把这个问题先限定在主权的滥用中，不去深究贪污腐败等。

贡斯当认为，人类生活的一部分内容属于个人，主权是一个有限和相对的存在。当主权变得过大，它便成为凌驾于人民之上的几乎独立的意识体。主权本身的存在是为了统治人民，给予他们作为人的活动空间和权力享受，不是为了发泄专制者的权力欲望。因此主权必受到制衡。

并且，当主权变得过大，为了稳固它自身，它对被统治者的苛刻往往无孔不入。思想言论自由，某些行为自由，乃至作息时间和一日三餐都被约束，被监控，就像那些反乌托邦小说中的“老大哥”们，高高在上却又无处不在。这样的主权，不敢说必然，但也能很肯定地说它们并不十分牢固：一是因为有压迫就有反抗，二是因为这种事无巨细的监控运作方式难以被执行。试问有几个人能坚持执行细化到每分每秒的计划？要达成对人生活和时间的绝对控制，很难。这也从侧面说明主权必然要受到制衡。

世界上没有一种政治制度是完美的。但即使如此，我们依旧上下求索，使社会处于动态平衡之中。自由、民主和权力的仗大概还要打很久，而正是在矛盾与变化之中，如此多的宝贵思想才得以问世，人类的精神高度与思想深度才不断突破而达到新的境界。

# 读《发条橙》有感

《发条橙》是一部相当奇特的小说。它的主人公与《麦田里的守望者》在叛逆与不羁上颇为相似，里面大段的暴力与色情描写总使人想起《裸体午餐》。而当你读完全书，再回过头来细细琢磨这个故事，竟又不寒而栗地觉出几分“反乌托邦三部曲”的味道来。

这本书实际上只有不到200页，英文版140页左右。故事讲述了15岁少年亚历克斯因为过度使用暴力而被送入监狱，接受了政府的“治疗”之后变得畏惧暴力和色欲，最终在这种精神状态里长大成人。

少年亚历克斯喜欢和他的伙伴们一起来一点“超级暴力”：殴打流浪汉，偷窃，毁坏公物，轮奸……可以说是无恶不作。他们不带怜悯地施展暴力，并从中获得乐趣。记述青少年的张狂与暴力的小说有很多，但做到这一步的也是十分罕见。

“暴力”通常被定义为“恶”，作为“善”的对立面之一存在。暴力是流淌在动物血液里的本能，人类也未能免俗。暴力催生罪行，罪行造成社会的不安定。所以，为什么不去根除这种暴力的本能？本书着重讨论了这个问题。

在书中，亚历克斯在监狱里得到一个“实验”的机会。政府的科学家研发出一种手段，使人在接受这种手段的治疗后，此生再也没有施暴的念头。这种手段就是给实验者播放血腥残酷的暴力镜头，并配以诡异的音乐造成类似“洗脑”的效果。同时实验者的眼皮被扒开，不准眨眼，也不可能移开视线。我们年轻的叙事者亚历克斯，以他的亲身体验向我们叙说了治疗的恐怖与有效。在观看完影片之后他说：“此刻我要到梦乡去躲避的，是那种可怕而错乱的感觉，即挨打比打人更好。假如那家伙没走掉，我倒会把另一边面孔也凑过去（让他打）。”

还记得《圣经》里有一句，是说对待你的敌人要仁慈，被他打了不能还手，而是要把另一边脸转过去让他再打。作者在这里有意无意地使用了这个隐喻，相当讽刺：亚历克斯已经成为一个好人，一个正直良善的人了。那么，最终政府的治疗有没有效，亚历克斯有没有真的变成善人圣父呢？

没有。他对暴力、色情的画面呈现出一种病态，在别人打他的时候拒不还手，在乳房高耸的美女面前浑身抽搐、呕吐、痉挛。他的兽欲本能并没有消失，而是被这种巴甫洛夫式的训练所抑制，暂时隐藏而已。在故事的最后，亚历克斯出狱发现当年的几个一起犯浑的好兄弟全都成家立业，步入社会。而他自己，在全书的第三部第七章，象征着“成熟”的一章，坦然面对暴力，成为社会中的一员，就好像当年的事情从未犯过，好似“破茧成蝶”。

无论是在电影还是书中，给亚历克斯洗脑的那段情节都是极尽扭曲诡异之能事，营造出的阴森病态的情景，让人感到一阵恶寒。很明显，作者对于这种以强迫的方式灌输价值观，利用生理影响心理的手段并不认同。这并不是亚历克斯内心的觉悟或者转变，而是一种不符合伦理的改造。不自然。

诚然，暴力分子是社会的隐疾，定时炸弹一样不安分地威胁着世界。但我们有没有资格，去剥夺他们生和作为人的权利？这是一个永恒的命题。除掉他们，对他们不太公平。但不解决，会有更多的受害者出现。我认为我们重视基础教育，就是把作恶的念头和暴力的动机掐死在摇篮里。

本书的作者在最后也没有对这个问题做出交代。他在全书最后一节用有些晦涩的几个句子搪塞了一下。

“青春必将逝去，没错。它不过是动物习性的演绎而已。不，与其说是动物习性，不如说是街头地摊售卖的小玩具，是铁皮制的洋娃娃，里面是发条，外面有旋钮，吱吱吱拧紧，洋娃娃就走起来了。”

作者似乎是想说，别看年轻人这么混蛋，但等他们长大了就好啦。青春期的所作所为是他们血液中的原罪。

尽管这个论调带有一定程度的悲凉：他的妻子曾经被一伙青少年流氓欺侮过。

《发条橙》是一个相当具有象征意义的文化符号。斯坦利·库布里克改编的电影是经久不衰的经典之作。构成主义的布景，疯狂混乱而新颖的拍摄手法，男主角的白色紧身衣和黑色假睫毛，构成了“发条橙”。不过《发条橙》不只这些，还有书中作者以俄文为蓝本自创的青少年俚语，“Yawwwwww”“Hahhhhh”这种充满高亢动感，而又漫不经心的拟声词，以及“哦我的兄弟们”的叙事风格。作者通过这些工具，将一个狂妄不羁，又有点怪异而阴沉危险的青少年形象活脱脱地呈现在我们面前。它是冒进的，大胆的，尖锐的。《发条橙》是一种思考，塑造出与世界对立的青少年，看他受折磨之后又恢复正常。青少年代表着大胆的本能，他们与这个社会体制、伦理规范进行对抗。然而青少年最后都回到了社会体制当中，成为寂寂无声的一分子。这是一种妥协？一种必然？

也许每个人都暗暗有过报复社会的念头，但我们在谴责它、憎恶它的同时又暗暗希望它变得更好——我们都无法脱离社会单独生存。那些念头大多只是生活中的小小荫翳，一闪而过而已。大多数人最后认清了现实，心平气和地与世界和解，在自己的生活中挣扎着学会妥协，让自己的日子过得更舒心。这是人类社会延续的基础，是绝大多数人做出的牺牲。身上仍有着青少年式的暴力冲动和欲望的人注定是少数，但他们不会消失，有恶才会有善。而我们，也无须费力地尝试根除他们。毕竟，去除人性是不可能的。

《发条橙》的故事年代背景不详，可以是过去、现在与未来的任何时间点。也许这就是作者想要告诉我们的：恶与暴力，人性中的肮脏从未消逝，与善互相制衡。就像上了发条的甜橙，有着可爱的色泽和汁水，却带着机器的冷酷和无情。

# 读《念奴娇·赤壁怀古》有感

开篇的一句“大江东去，浪淘尽”使人顿感气势磅礴，“千古风流人物”更为这雄伟的景象增添了些史诗色彩。上阕中，作者极力写景，将一种英雄气概与千古绝唱之感渲染开来，将整个英雄辈出的三国时代如画卷般徐徐展现在读者面前。尤其是“江山如画，一时多少豪杰”极有气势，可以看出苏轼对那个时代的向往与英雄气节的陶醉。

下阕话锋一转，引到周瑜身上来。美女在侧，意气风发，动辄指挥大军大败敌人，眉目间是不尽的傲气与才气。啊！当年的英雄人物在宏大的时代背景下活跃着，怎不叫人心中涌起一种豪情！恍惚间自己也仿佛置身于那个时代。金戈铁马，群雄争霸……自己的才华在那里得以充分发挥，谈笑间是“樯橹灰飞烟灭”……突然，“自己”又在词中出现：“故国神游，多情应笑我”。

这首词写在苏轼被贬黄州两年后，看来这是他在赋闲与怀才不遇时的一个白日梦。前一瞬，眼前还是那峥嵘岁月；后一下，生活的窘境摊在眼前。瑰丽的想象被柴米油盐挤掉。

怀才不遇、不得赏识的苏轼抑或天才，都像在笼子中低吼踱步的困兽。他们不会饿死，但会因为终日的平庸而在精神上消亡。但是——日子还要过，理想和现实还是有差距的。于是，寂寞的苏轼感慨道，“人生如梦”——像我这样厉害的人竟沦落如此？是不甘，是酸楚，是无奈、惋惜与痛心。

苏轼用它最瑰丽的“白日梦”，与相比之下过于苦涩的现实向我们呈现了他的内心。

# 关于《罗素—爱因斯坦宣言》的一点感想

“我们大多数人都不是中立的立场，作为人类来说，我们必须记住，人类决定自己的命运。

如果我们选择和平，在我们眼前的是不断进步的幸福、知识、智慧。相反，我们是在选择死亡。

人类：记住你们是人类，忘记其他的。

如果你能这样做，一个新的天堂将出现；如果你不能，那将是宇宙中的死亡。”

——《罗素—爱因斯坦宣言》，1955 年

这份宣言由各国著名科学家签名，于 1955 年发表。它的主旨是呼吁世界以非暴力手段解决人类矛盾，而不是核武器。签字的各科学家中，最出名的一位就是爱因斯坦。他是在签署同意书并寄达罗素不久后就去世的。

罗素与爱因斯坦，二十世纪两位重量级的人物，一位以“思想家”的名头著称，另一位以“物理天才”闻名世界，两人在晚年被一纸宣言连接起来。

爱因斯坦，比罗素小七岁，并早他 15 年去世。他是个早慧的天才：十三岁读康德，十六岁学会微积分。他对数学与哲学的探索和渴求与罗素不相上下。他的一生还表现出一种反战精神。

这种天才之间的相通之处让人觉得有趣而吃惊，也令人好奇：为什么两位伟大的人物有如此多的相通之处？

我们不妨循着他们的生平慢慢追溯。他们的年龄相仿，并且都经历过“一战”“二战”；年轻时醉心学术研究；都离过婚。

战争是他们人生重要的节点。如果没有战争，他们也许只是两位天才；但他们对战争的反思，对人权的思考使他们在社会中的分量重了许多。战争是人与人的自相残杀，是野兽的本能，是对理性、和平与智慧的漠视。

也许正是意识到战争对人类文明的破坏力，他们才站出来反对战争。他们比谁都深知人类文明的价值与重要性。他们懂得太多知识，深谙思维的奥妙，不愿看到自己爱的、想去探索的一切被战争毁于一旦，尤其是不愿看到科学研究的成果将人与城市毁作废墟。

于是，他们在 1955 年签署反核武器的宣言。

真正伟大的人从来不仅是天才。

# 讲“废话”的艺术

## 读《2666》有感

《2666》这本书好像通篇都是废话，你好像不知道它在写什么，但它却被赞誉为“文学中的文学”。也许这就是讲“废话”的艺术。

——题记

“2666”是一个令人费解的标题。在读之前我不知道它的含义，读之后依旧一头雾水。不过最令我困惑的是：这本书究竟在讲什么？作者为什么要这么放飞自我地写？

读《2666》是一个有点痛苦的过程。它的大小和质感有点像一块大号板砖，中文版总计855页，我共花了半年时间来读。全书分为五个部分，第一部分讲四个来自欧洲不同地区的文学评论家，因为共同喜欢及研究一位德国作家阿琴波尔迪而成为朋友进而成为情人的故事；第二部分讲研究作家阿琴波尔迪的一位教授；第三部分讲黑人记者在美墨边境小城圣特莱莎的奇遇；第四部分讲述圣特莱莎的连环妇女谋杀案；第五部分作家登场——德国作家阿琴波尔迪。然后故事就结束了。与拉美文学比较而言，它不像《百年孤独》一样有比较清晰的叙事线索，整体感觉上更接近《玉米人》：先把一条条人物线索放出来，最后再把它们织到一起。然而它的人物和情节又比《玉米人》冗杂，这就使它的可读性大大下降。

读《2666》，我经常感觉在做梦：译者干巴巴的文笔，超现实的情节（比如挂在晾衣架上的《几何原本》），比《百年孤独》还多的名字……作者好像在哄你睡觉，他精心编制了一个拉丁美洲梦境，那里的人都有着深邃的眼窝和波澜不惊的气质，行走于虚空与大地所构成的抽象画上……远方的暑气从金黄的大地和白色的房屋上蒸腾起来，模糊你的眼睛，邀你入眠。于是你就沉溺其中，麻木混沌。以至于你在读了几页之后忘了里面的情节。其中另外一个原因就是，作者的“废话”太多了。

按理来说，一部好的小说，应当是简洁、冷静而流畅的，不拖泥带水。但波拉尼奥偏偏反其道而行之，他几乎把自己毕生所见所闻都在《2666》写了个遍：尸检报告，教堂忏悔，男女老少乃至路人的心理活动……无奇不有。好像是随心而写，想到哪里写到哪里。

“查理说：他堕落的厉害，上午进酒店，到打烊时被人踢出门。最后住进了一家妓院……唯一缺少的是他剪辑影片的方式，为此，显而易见的是，这部电影的剪辑是别人完成的。但导演是他，这个我敢肯定。”

“女众议员阿苏塞纳说：我十八岁开始有情人。整个墨西哥都知道关于我的性爱传说。……有位九十岁高龄的伯伯是神父……没过几天，好像就是昨天吧，我又见到了凯利。”

这种由路人讲述的小故事和人物的一些零碎心理活动，与故事主体没有什么关系，趣味性也不强，也没有反射出什么深刻的社会哲学意义。这些故事零散地穿插于全书，占了全书的六七分之一左右。说真的，每一个故事单独拿出来都可以详详细细地写一部小说了。这是作者的“恶”趣味？将自己的狂野想象和杂感随手写入书中？

那么，《2666》究竟在讲什么？什么让它可以如此肆无忌惮地让无意义的段落充斥其间，却还被赞誉为“文学中的文学”？在整个阅读的过程中，我为了读下去很用力地想这个问题，为我做梦一般的阅读过程找到意义。讲神秘作家和文学？讲拉丁美洲社会治安？……它是那样的书，好像写了很多，好像又没有写什么。就像这个世界，好像所有的事情都相当重要，又似乎一切不过是幻梦一场。透过这些琐碎又能看到一些东西，就好像透过水滴看见折射的彩虹。如此琐屑，一点一点构成了一个庞大完整的世界。

《2666》写的是世界。

它写的是美墨边境小城圣特莱莎，写的是德国作家和他的崇拜者。他在笔下通过“废话”将这个世界圆融，立体起来，从各个人物的视角里看到社会的各个切面。这是从各个角度都能看见的一个社会。这种“凭笔造世界”的功底，需要大量的经验与学识，需要风土人情经历，需要敏锐的头脑和热爱自己讲述的这片土地的心。在拉美魔幻现实主义文学作品中，经常看到这一点；雨果、老舍的作品也有异曲同工之妙。只不过《2666》没有使用清晰的剧情线索来讲述一个世界，而是使用了大量的“废话”来构筑这个世界。每位作家笔下的一片土地，都是整个世界的缩影。其中的含义，见仁见智。你的思想决定你会在里面看到什么。这可以是充满暴力色情的犯罪小说，可以是拉丁美洲社会纪实，可以是寓意深刻的哲学小说，或者只是一个故事而已……就像一块水晶，从每一个角度都能折射出迥异的光芒。这想必就是“真正的文学”“文学中的文学”了。

好的文学作品就像艺术品，精致而永恒，将“人”的理念糅合进去，形成人文精神的丰碑，隽永地展示着它的独特与美丽。

如果将《2666》与艺术品类比，它有点像《清明上河图》，描绘时代风土人情的画卷。它们本身没有刻意要表达的意思，但它其中的那个“世界”却是无奇不有的。这些“社会”本质上没有太大区别，但在文化方面千差万别，这也是使古今中外的作品各有各迷人之处的原因。

读完《2666》，或欣赏完《清明上河图》，你可能不记得谁在哪里做了什么，但你一定会记得那个时代，那种氛围。闭上眼睛，吸一口气，那个遥远的边境小城便在你的记忆里鲜明地生动起来，裹挟着热沙和玉米的味道扑面而来。

于是你就知道：哦，那就是《2666》了，我读过它，还在里面做了梦。

# 《雷雨》人物分析——周繁漪

曹禺在文末的《序》中提到，他喜欢这样的女人，这样的女人最动人怜悯。并且，她是个最“雷雨”的角色——最热烈，最悲剧，最戏剧化。我们可以推测出来，繁漪算得上是《雷雨》里面曹禺最欣赏喜爱的角色了。这一点在繁漪第一次出场时就有体现。为了写出她的模样与周身的气质（抑或是对她命运强烈的暗示），曹禺用了整整一页：

“脸色苍白，只有嘴唇微红，大而灰暗的眼睛同高鼻梁令人觉得有些可怕。”

“对诗文的爱好，更原始的一点野性。”

“爱你如……恨你如……”

描写她的基调，与四凤完全不同。两个人是两个极端。四凤是一朵鲜妍美丽的单纯的周身散发出活力与青春的花，她的死令人惋惜与心痛；但繁漪不同。首先，她的名字就比四凤难写得多，也阴沉得多。她总是尖酸的，病恹恹的，带着种悲剧色彩的美丽。大眼睛，苍白，高鼻子——无不暗示出“红颜薄命”，尽管她最后是疯了。

说到“疯”这一点，有必要从两个方面谈起：一是她自己，二是周家。

繁漪常使我想到《包法利夫人》。她们都同样对现实不满，爱好文学，有一张美丽却忧郁的面孔，渴望着理想中的爱情。她们最后也都殊途同归地以悲剧结尾了。可以说，这种不满现实，追求爱情奋不顾身的女人最后都不容易有“好下场”。她们太执着，却又被时代桎梏，常常受伤。这一类的形象最具有艺术气息，带着些欲拒还迎的色彩。她们死气沉沉的外表下有一颗炽烈火热的心，令人欲罢不能：她们只消用那朦胧带水汽的，迷茫忧郁的眼睛望你一眼，你就知道她们是如此的 hard（找不出合适的中文词替代）。别扭的性格和对理想的追求，是她们命运的永恒命题。悲剧的结尾，不难推测。

接下来说她所处的环境对她结局的影响。她常常咬牙切齿地说“这个死气沉沉的周家”“十几年被困在这里”诸如此类的话。也许她之前也天真过，活泼过。但这死气阴沉的周公馆宛若一座牢笼，困住了她，更困住了她的心。比她年纪大太多的、不理解她的不苟言笑的丈夫，下流的仆人，等等。她的希望，她的“生命之光，欲念之火”便是周萍——周朴园与鲁侍萍的儿子。周萍和她不正常的关系是一种必然：年纪相近，同样忧郁的气质和姣好的容貌。他是一根救命稻草，是这令人窒息的周公馆中唯一的光亮，是她可以去倾诉、依靠的人。但这又使她痛苦——繁漪是读过书的人，她怎么会不知道这是乱伦，是畸形的母子关系？

她的情感与理智长久不断地把她向两边拉扯，几欲撕裂。久而久之，她的精神不稳定了起来，而书中请克大夫给她看病的情节也为她日后的疯埋下了伏笔。在全剧的最后，这个畸形的“家”的丑恶真相大白之时，她既为自己的命运哀叹哭泣，又心如死灰——周萍不爱她，她唯一的希望也断了。最后的最后，她成了那个人人避之不及的“阁楼上的疯女人”。

她是美的，她的悲剧令我们扼腕叹息。她的爱如飞蛾扑火般奋不顾身，她的形象像雷雨还没有下尽的灰暗天空上的一抹流云，留在我们的心中，淡淡的，忧伤的，抹也抹不去，令人心痛。她是雷雨中不可缺少的一颗螺丝钉。

“哗啦”一声，清脆的声音自楼上传来，伴随着女人可怖的尖笑，她又打碎一块玻璃。在生活的幻境中，她试图打破残酷命运的枷锁。

# 善意

## 读《天有荒年》有感

按照我读东西的习惯，我必定会在读后提出自己百思不得其解的问题，然后将自己的读后感或读书笔记作为自己讨论与思考的过程。按理来说我们写议论文最好，议论文可提出自己的观点——我不这么做，因为我无法得出结论。这一次我依旧这样，把自己的文章作为思考问题的过程。

这一次的问题是纯粹善意的存在性问题。我们从文中看到，英国传教士李提摩太在赈灾中做出的贡献相当可观。但是为什么备受怀疑与猜忌，他还要坚定地走赈灾的道路？

关于李提摩太的动机我做了简单的猜测：一、积累群众基础便于传教；二、他的善良不允许他做出见死不救的行为；三、他想趁机从中国政府捞取好处。结合当时的时代背景来看，清政府对于传教士一直抱着怀疑的态度，并阻止西方文化在基层中的传播。第一个原因不是没有可能。而李提摩太在赈灾中积极发动海外募捐，自己也往里贴了不少银子，可见其目的不是为了中国人的钱。那么再看可能性二：是因为他纯粹的善促使他如此做吗？

纯粹的善意，正义得到伸张。这听起来有点像超级英雄。有人呼唤他，有地方需要他，他就出现。清政府没有主动呼唤李提摩太过来赈灾，但无疑，他是感受到了灾民们的痛苦和呼救的。这种自发的英雄主义，或者叫善意是伟大的，有水滴石穿，“至柔而驰骋天下之至坚”的力量。

我们顺着这个问题再向下摸索。善意是怎样产生的？我们在日常生活中会有同情怜悯之心，当我们看到处于穷境中的人们的时候，也许会想向他们伸出援手。把这种情感再升华，上升为对“人类”群体的同侪之心与责任感。我们是人类，我们是兄弟姐妹，我们应当团结，当我们的同胞受苦之时，我们不能坐视不管。我认为李提摩太正是抱着这种心情给中国施以援手的。同胞意识，人文关怀——高贵的精神。

这种精神常见于那些“大家”，在某领域成绩斐然的人。比如爱因斯坦和罗素，比如霍金。他们见得太多，不论人还是抽象的真理。他们不一枝独秀，洞悉生命而又热爱它——所谓世界上只有一种英雄主义，看清世界而爱它，源于善而又高于它。

我的问题得到解决。我感到畅快，同时也感觉自己与世界、与生命的联结又紧密一些。

# 读《三棵树》有感

苏童的《三棵树》是一篇记叙文，讲述作者与树在成长过程中的几次邂逅与擦肩而过。期间作者表现出的对树的执念、情结与情感之详细细腻是令我惊讶的，而在得知作者并非女性的时候我的惊讶又加深了几分。

作者在三棵树车站旁度过的童年寂寞而酸涩。他想象北方和那里的树，然后一直想着树，而又一直没有树，于是他种树，种苦，然后在机缘巧合下失去它。他对“拥有自己的树”这个概念的执念又深了一些。过了一阵子他有了两棵果树，被铲平，又失去。现在他没有树了，还在“我的树在哪里?”这个问题徘徊。这是个得到—失去—再得到—再失去的过程，听起来不免苦涩。

作者在文中只写树，没有爱情、亲情或者其他常见的记叙文情感线，似乎只是为了记述，或抒发自己与树的奇缘。他爱树，向往树，渴望拥有树，最后又有些释然了。

爱过，拥有过，失去过——这是怎样难以捉摸的情感？能不能将树的意象替换，换成某个人，某个地方，某种行为，或者某物？比如你爱一个人，终于得到他，然后失去，再次与他厮守后又一次失去，而你在怀恋的同时，觉得惋惜，又有些释然。听起来非常像文艺片，可以让王家卫来拍。这种情感变化不失一定合理性：有多少人在终日追逐自己心系的东西，到手了却总是失去，或者干脆忽略它？徒留怀念与惆怅，却又怀抱着希望。

作者有他的三棵树，这三棵树对他来说是一段缘，一段情。我们也有我们的三棵树。无论如何它们最后都会离开，使我们变得多愁善感，我们对它们的爱却加倍增强。这就像生与死，生命因为死亡的存在而加深了其意义。

如果作者在他的人生之旅中又得到他的树，他大概会温柔地照料它，并且做好随时失去它的准备，尽管在心里红了眼眶。

# 英雄之下

## 读《秋瑾：襟抱谁识》有感

每每读到那些名人传记或类似本文的议论性抒情散文诗时，一种虔敬和惭愧总从我心中同时升起。无论是超群的智慧，过人的勇气还是坚定的理想信念，英雄们身上展现出的“超人”一面都令我叹服。

尼采说“上帝已死”，我们要追求的是“超人”。“超人”，即超越了现世，超越自身的人。古往今来的名人或伟人英雄身上或多或少都表现出这一特质：苏格拉底临终前仍诲人不倦，他对知识的渴求和热爱便超越了他主体生命的存在，成为永恒。凡·高在世时寂寂无闻，在他死后人们才重视起他的画作，直至今天。凡·高创造出了不朽的价值和存在，在艺术创作的层面上，他做到了“超人”。

不过，那些人物除了“超人”的一面之外又是怎样的？他们是不是也用“超人”的道德、思想和其他各方面要求自己，像一颗颗漂亮光滑，射向天空的子弹？

在文中那个腥风血雨的革命年代中，英雄辈出。他们似乎个个都有着坚毅的眉毛和眼神，整个人宛如从黑白版画中走出，全身上下唯一的色彩便是血的鲜红，男女老少莫不如此。

文字往往是迷惑人的。描写这一年代的文章往往把这个时代写得乌云密布，浓墨重彩。不妨想象，多年前那政治黑暗的日子里，头顶的天空仍像今天一样晴朗。那时候所有人也在适应自己的时代，正常地按照自己的方式过日子，就像今天。历史不是舞台剧，英雄不是角色。即使回到古希腊看苏格拉底，那也只是个能言善辩，长着狮子鼻的快乐老头。至于凡·高更甚——在当时看来，不过是一辈子靠弟弟过活的穷画家罢了。

而且我相信，秋瑾在作为社会活动家和革命斗士之外，一定是位热情又会玩的女性。

英雄们只是凡人啊。然而正因为如此，他们身上“超人”的一面才更显伟大。“超人”做到极致，就是无限接近于神的存在，反而显得遥不可及与痴人说梦。相反地，当人性的脆弱与超凡的智慧、意志或其他品质在同一个人身上出现，越凸显出他克服自身人性的神圣，与他作为普通人的鲜活生命力，只会令人觉得加倍可爱和珍贵，所谓“人格魅力”很多来源于此。

其实我们身边未尝不是如此。无论是学业有成还是理想坚定，那些优秀的人在平时也都是普通人，有自己的喜怒哀乐。他们只是把自己最坚信、最热爱的一个方面做到了极致。

在“英雄”和“超人”的外衣之下，是一条条热忱的生命。他们在自己选择的道路上永不停歇地奔跑，直至身影融入大地。

# 寻先贤智慧

# 读《论语·为政》有感

**原文：**子曰："温故而知新，可以为师矣。"

**译文：**孔子说："温习旧的知识，进而懂得新的知识，这样的人可以做老师了。"

**感受：**

这句话太常见了，常见到我只是记住了它却鲜有思考它的意思。学习旧的东西而有新的体会就足以为师——这句话很有意思，人人都在复习时发现原来疏漏的东西，当老师的标准这么低吗？我认为这里的"新东西"并不是指知识上的漏洞，而是通过学习引发的有关人生、学习的体悟和思考。久而久之便能察觉到学习的本质与意义，从而可以作为老师将心得与知识以恰当的方式传授给别人。

**原文：**子曰："攻乎异端，斯害也已。"

**译文：**孔子说："攻击不同于你的观点，这是有危害的。"

**感受：**

我竟然在这几千年前的话中看到了辩证唯物主义色彩。事物是复杂的，好似一块雕琢精美的水晶，每个角度折射的光都是不同的。只从一个角度看事物，带着一种偏执，便扭曲了真实，其恶果可想而知。

**原文：**子曰："由，诲汝知之乎？知之为知之，不知为不知，是知也。"

**译文：**孔子说："子路啊，告诉你对待知和不知的态度吧（对待学问的态度）！知道就是知道，不知道就是不知道，这样才是真正的智慧。"

**感受：**

这句话放在今天依然受用。学习的目的是学习道理和知识，而不是求面子或图清闲。既然学习就好好学，认真地对待它，才能接触到学习求知的本质。

# 读《论语·八佾》有感

**原文：**子曰："大哉问！礼，与其奢也，宁俭；丧，与其易也，宁戚。"

**译文：**林放问礼仪的根本，孔子回答："你问的问题意义重大。就一般的礼节仪式来说，与其奢侈，不如俭朴；就治办丧事来说，与其仪式上办理得很妥善，不如内心悲痛，哀悼死者。"

**感受：**

礼的本质存于内心，因为强烈的哀悼，所以才会有葬礼，它强调我们要投入情感，去感知，去尊重那些重要的"礼"的场合，而不仅仅是流于形式。

**原文：**子曰："夷狄之有君，不如诸夏之亡也。"

**译文：**孔子说："夷狄（文化落后）虽然有君主，还不如中原诸国没有君主呢。"

**感受：**

孔子对文化的赞赏和崇敬可见一斑。他认为，一个国家最重要的部分是这个国家的文化。文化将人和野兽区分开来，进化人们的思想，丰富人们的生活。在那个时代，文化的兴盛导致烦琐礼制的出现。礼制是一种高度发展的文化体现。也许孔子对礼制的赞同与拥护，是出于对文化的向往吧。

# 读《论语·公冶长》有感

**原文：**子谓子贡曰："女与回也孰愈？"对曰："赐也何敢望回？回也闻一以知十，赐也闻一以知二。"子曰："弗如也，吾与女弗如也！"

**译文：**孔子对子贡说："你和颜回两个相比，谁更好一些呢？"子贡回答说："我怎么敢和颜回相比呢？颜回他听到一件事就可以推知十件事；我呢，知道一件事，只能推知两件事。"孔子说："是不如他呀，我和你都不如他。"

**原文：**子贡曰："夫子之文章，可得而闻也；夫子之言性与天道，不可得而闻也。"

**译文：**子贡说："老师讲授的礼、乐、书的知识，依靠耳闻是能够学到的；老师讲授的人性和天道的理论，依靠耳闻是不能够学到的。"

**原文：**子曰："已矣乎！吾未见能见其过而内自讼者也。"

**译文：**孔子说："完了，我还没有看见过能够看到自己的错误而又能从内心责备自己的人。”

**感受：**

这几句使人想到《师说》：“授之书而习其句读者，非吾所谓传其道解其惑者也。”所谓老师是在教给学生“干货”的“死”的东西的同时，对学生进行潜移默化的熏陶，将学生向好的、善的方向引导，所谓“言传身教”。我认为北京四中就是言传身教的典范：老师们永远耐心地解答问题，平等地对待学生，在教育上不遗余力。更有趣的是，每一位老师都各具魅力，他们不仅教得好，而且能把每一个学生都当作一个独立、平等的人看待。这大概就是言传身教的核心了吧。

同时，言传身教是一种强大的力量，它可以开阔人的视野，给人以希望。

# 读《论语·雍也》有感

**原文：**子曰："回也，其心三月不违仁，其余则日月至焉而已矣。"

**译文：**孔子说："颜回这个人，他的心可以在长时间内不离开仁德，其余的学生则只能在短时间内做到仁而已。"

**原文：**冉求曰："非不说子之道，力不足也。"子曰："力不足者，中道而废。今女画。"

**译文：**冉求说："我不是不喜欢老师您所讲的道，而是我的能力不够呀。"孔子说："能力不够是到半路才停下来，现在你是自己给自己划了界限不想前进。"

**感受：**

这些话到今天依旧具有强烈的现实教育意义。当人们遇到较大的困难（尤其在工作、学习上）时，很多人都选择了退却，并开始产生自我否定、自卑的消极情绪，觉得自己"怎么可能会做到啊"。

这一点是很不好的。其一，这样的行为在一定程度上是探索精神和求知精神的丧失。探索与求知是人类发展的必要精神，也是衡量一个人精神境界是否够高的标杆。面对困难与未知一味地后退，也是精神的倒退。其二，自我否定。还没有试过、努力过，就一味地觉得自己“没那个能力”“不行”是站不住脚的。过多地否定自身只会使自己陷入一个自卑消极的怪圈里面，被永远地困住。所以，为什么不试试发挥主观能动性呢？

希望我们都能擦掉那条自己给自己划的界限。

# 读《论语·述而》有感

**原文：**子曰："饭疏食饮水，曲肱而枕之，乐亦在其中矣。不义而富且贵，于我如浮云。"

**译文：**孔子说："吃粗粮，喝白水，弯着胳膊当枕头，乐趣也就在这中间了。用不正当的手段得来的富贵，对于我来讲就像是天上的浮云一样。"

**感受：**

这句话很有意思。乍一看，他有股早期犬儒学派的色彩：提倡清心寡欲，视富贵如浮云。但仔细一想，这两者还是有着本质的差别，后世的犬儒主义更带有玩世不恭的味道。

孔子经常说：我不要不义、不道德的荣华。反过来想，如果是正当手段得来的富贵，孔子会很乐意接受。（"富而可求也；虽执鞭之士，吾亦为之。"）毕竟他给人上课还要每人收十条腊肉。这一点就与犬儒学派有着本质的不同：儒家是不拒绝物质享受的。

另外一点，儒家是提倡"入世"的。人们可以追求世俗的权力和地位，去积极地投身于社会建设。而犬儒学派，其信奉者被称为“Cynics”，意为愤世嫉俗的人、厌世者。怪不得儒家学说在漫长的历史中甚至能成为治国的思想，而犬儒学派一直都是非主流思想，不为大多数人接受。

“儒”与“犬儒”仅仅差一个“犬”子，就有了如此的差别。

# 读《论语·泰伯》有感

**原文：**曾子有疾，孟敬子问之。曾子言曰："鸟之将死，其鸣也哀；人之将死，其言也善。君子所贵乎道者三：动容貌，斯远暴慢矣；正颜色，斯近信矣；出辞气，斯远鄙倍矣。笾豆之事，则有司存。"

**译文：**曾子生病，孟敬子去看望他。曾子对他说："鸟快死了，它的叫声是悲哀的；人快死了，他说的话是善意的。君子所应当重视的道有三个方面：使自己的容貌庄重严肃，这样可以避免粗暴、放肆；使自己的脸色一本正经，这样就接近于诚信；使自己说话的言辞和语气谨慎小心，这样就可以避免粗野和悖理。至于祭祀和礼节仪式，自有主管这些事务的官吏来负责。"

**感受：**

曾子的言辞中透出一种"人性之光"。鸟兽大限将至，往往会在它的行为表现上有所体现，将哀伤与痛苦流露出来。但人不同，人有思想，（一般）不会在死前过度悲伤。而君子更不一样。他们的离去好似树叶静静地落在地上，发出轻微的干燥的一声“嗒”响。没有泪水，没有悔恨，去得清清静静、干脆利落。使在他们身边注视着他们离去的人也只会有种哀而不伤的怀恋之情。他们的肉体的确是死去了，但他们的精神与人格还为人铭记——仅凭这一点，他们便没有死去，没有真正地从这个世间消失。这种君子的精神，我认为在苏格拉底身上有所体现。

# 读《论语·子罕》有感

**原文：**子绝四——毋意，毋必，毋固，毋我。

**译文：**孔子杜绝了四种弊病：没有主观猜疑，没有定要实现的期望，没有固执己见之举，没有自私之心。

**感受：**

主观的、个人化的行为，是孔子所杜绝的。他剔除了一些过于感性化的，容易被情绪左右的品质，而留下一种博爱的关怀与理性的思考。也可以说，他在尽力脱去一些人性的弱点，保存下来更多理智与演化而来的更高尚的人的精神。能做到这一点的，想必都是圣人、高手了。

有人说过，与大师对话的感觉像沐浴春风。我认为大师们也都是尽力在做这一点：与人相处时，弱化自己的个人色彩，给对方留出空间，给予关怀，使人感到亲切而不失智慧。

# 读《论语·先进》有感

**原文：**子曰：“从我于陈、蔡者，皆不及门也。”

**译文：**孔子说：“曾跟随我从陈国到蔡地去的学生，现在都不在我身边受教了。”

**原文：**闵子侍侧，訚訚如也；子路，行行如也；冉有、子贡，侃侃如也。子乐。“若由也，不得其死然。”

**译文：**闵子骞侍立在孔子身旁，一派和悦而温顺的样子；子路是一副刚强的样子；冉有、子贡是温和快乐的样子。孔子高兴了。但孔子又说：“像仲由这样，只怕不得好死吧！”

**感受：**

孔子不幸地一语成谶。他最喜爱的学生（之一）子路在战场上被砍成肉酱。而在先进篇里面，我们也陆续见到孔子学生们的死亡和悲痛欲绝的孔子。这一篇的基调由于有生离死别的存在，显得格外沉重。

孔子是少见的兼具深刻思想和家国情怀的人之一。这种人在精神上超越了绝大多数人：他们看到事物，或者经历事件，从中生发的感受绝不仅仅留于表象，而是任思维自由驰骋，一往无前。就好比别人看到一朵花会认为它美丽，而他们能思考这花从哪里来，如何香消玉殒，又在这朵花上看出了些许人生缩影，还能顺便赞叹大自然之美与神奇。这种超然高深的精神境界出现在一个人身上，是可敬又可叹的。

孔子的思想、学识与人格为他吸引来无数好学之士。看着学生们的百态与成长，孔子享受了作为老师的快乐。他的见解有人聆听，有人为之共鸣；他的精神不再感到孤独。然而看着学生们一个个离他远去，他又怎不会痛彻心扉。这一种痛苦是再高深再透彻的头脑也承受不住的。倒不如说，正因为太过清醒，这份痛苦反倒来得更为真实和猛烈。身为思想家，他对生死轮回的自然规律再清楚不过。但当一切变为现实，身边人一个个离去，自己也日渐衰老无力，却又是那么难以接受。这是他的人性和他的智慧相碰撞、相矛盾的痛苦，一种寂寞的，少有人解的痛苦，不能排遣，无法消解。

不过，孔子正因为这痛苦才成为孔子。他没有将有血、有肉、有情感的人类一面从身上剥离，去做一个冷酷的思想者；他吞下一切，感受一切，又爱着一切。他不停歇地在逐梦的道路上渐行渐远，直至身躯化作一尊永远的丰碑与灯塔，指引后人，为千秋所传颂。毕竟，理性与感性，智慧与人性在一个人身上永恒地矛盾与不调和，总会使一个人别具伟大与魅力。

# 读《论语·乡党》有感

**原文：**食不厌精，脍不厌细。食饐而餲，鱼馁而肉败，不食。色恶，不食。臭恶，不食。失饪，不食。不时，不食。割不正，不食。不得其酱，不食。肉虽多，不使胜食气。唯酒无量，不及乱。沽酒市脯，不食。不撤姜食，不多食。

**译文：**粮食不嫌舂得精，鱼和肉不嫌切得细。粮食陈旧和变味了，鱼和肉腐烂了，都不吃。食物的颜色变了，不吃。气味变了，不吃。烹调不当，不吃。不时新的东西，不吃。肉切得不方正，不吃。佐料放得不适当，不吃。席上的肉虽多，但吃的量不超过米面的量。只有酒没有限制，但不喝醉。从市上买来的肉干和酒，不吃。每餐必须有姜，但也不多吃。

**原文：**食不语，寝不言。

**译文：**吃饭的时候不说话，睡觉的时候也不说话。

**感受：**

第一段虽然很长很啰唆，但我还是把它摘抄下来了。里面的孔子有种烟火气，很亲切，很可爱。

孔子对“吃”的要求非常高，睡眠也要保证质量。这两件事是大多数人生活中所不会在意的礼节和规范。

言归正传，孔子对生活有一种仪式感，要随时随地保持庄重恭敬的心情。在吃饭睡觉两件事上注意其质量和自己的行为约束，是对自己、对自己的生活质量负责的一种表现。他将生活变成一种仪式，一种艺术，在认认真真地过日子。他用烦琐的规定约束自己，可以从中窥见那庞大烦琐的礼乐制度的影子。

此外，这种“食不厌精，脍不厌细”的生活态度是入世的，与道家主张的“无为而治”又有着根本的不同。可以想象孔子在正襟危坐、大啖鱼肉的时候，道家的门徒隐居山林、披头散发、粗茶淡饭之景。

另：数了一下，一共七个“不食”。也难怪鲍鹏山说孔子的形象是温暖亲切的。

# 读《论语·阳货》有感

**原文：**佛肸召，子欲往。子路曰："昔者由也闻诸夫子曰：'亲于其身为不善者，君子不入也。'佛肸以中牟畔，子之往也，如之何！"子曰："然。有是言也。不曰坚乎，磨而不磷；不曰白乎，涅而不缁。吾岂匏瓜也哉？焉能系而不食？"

**译文：**佛肸召孔子去，孔子打算前往。子路说："从前我听先生说过：'亲自做坏事的人那里，君子是不去的。现在佛肸据中牟反叛，你却要去，这如何解释呢？"孔子说："是的，我有过这样的话。不是说坚硬的东西磨也磨不坏吗？不是说洁白的东西染也染不黑吗？我难道是个苦味的葫芦吗？怎么能只挂在那里而不给人吃呢？"

**感受：**

如果我是孔子，我会选择去的。不仅仅是对自己人品的信赖和被重用的渴望，还有一个原因是我想了解天下的形势。

佛肸是春秋末年中牟的县宰，但后来反叛投靠了范氏。他大概是位小人物，在网上查资料时只有《论语·阳货》里的那一段有他的记载。但是孔子或者说我，又为什么要应邀前往帮助一个小人物呢？

在《阳货》那一段的记载中，孔子对于子路尖锐问题的回答，在我看来有些冲，有些恼羞成怒。根据孔子生平记载，这件事我推测是发生在公元前517年至公元前513年。届时鲁国内乱，孔子在得齐景公赏识后又险被害，是跌宕起伏的时间段。我觉得，孔子心中的迷茫与他少年时就想入仕的理想使他产生了这个念头。况且当时孔子快四十岁了，办起了学堂，对自己的能力有着信赖，也不奇怪。

然而，根据史料记载，孔子最后没有去见佛肸。我不确定是不是因为子路的质问，他的良心尽管不安，却也难以预测天下大势；或许还有一部分原因是他一直想恢复礼制，却也不知道这一场反叛能否助他实现梦想：也许再加一点中国人中庸的性格特点。最终，在种种因素影响下，他没有去。

不过，我是会去的，哪怕不是真的辅佐帮助他们。可以大致地看一下天下中这种“反叛”的情势长长见识，并且做出最有利的选择。呃，这么说有些功利了。

不过可以说，孔子真的是一个心系理想的伟大的理想主义者。

# 感恩《论语》教学

在对《论语》整体的教学与讨论中，让我最有收获的是一种讨论与思辨的精神。

可以说，老师所讲述的《论语》里的章句基本上都是我所忽略的。某个看似不起眼，乍看之下没有什么问题的句子被老师一指点，突然地就有了思考和讨论的空间。在课堂上，基本上大家都能说出自己的看法，畅所欲言。与此同时，老师们也能旁征博引，引用许多有趣和有价值的句子和典故。气氛轻松而不肤浅。

是一种理想的教学状态了。

语文课没有刻意地要你去记忆，背诵很多东西，而是重在培养人的一种思维模式和习惯：有理有据地阐述自己的观点，辩证地看待某一事物。我认为这才是语文课的目的和意义。而《论语》教学很好地诠释了这一点。

感恩《论语》教学！感恩老师们，你们辛苦了！

# 书素锦华年

# 冰与火

那些站在时代对立面的捍卫自身观点的斗士们，他们身上往往有着“冰”与“火”两种特质的融合。他们的人生也恰似冰与火之歌，两种特质在他们身上交相融合与碰撞，使得他们富有勇气与卓识，在人类历史上留下独特而熠熠的色彩。

布鲁诺是一例。布鲁诺生长在宗教力量强盛以致被称为“黑暗”的中世纪，然而他却看见了真理，看到了层层蒙尘的腐朽枷锁之下的那一点真理的美妙光芒，而他便像悲剧中的主角一样爱上了不该爱的，并孜孜以求，终而葬身火海。这是他对真理与自身信仰如火一般热烈燃烧的爱的象征。而同时，追求真理使得他与整个宗教世界为敌，在庞大的体系面前，在冷静斟酌40天之后，他选择理性和真相，也就是选择自身的死亡。他的理性如冰一般冷，清澈而单纯。后来，日心说被证明是真理，极大地推动了后世天文学的发展。

理性的捍卫者们，以冰与火的要素串联他们的人生，他们在火热的大环境中尤其显出“冰”的特点来，与时代或社会的火相碰撞，使有些被激情冲昏头脑的社会多少冷静下来。“自由主义牛虻”梁漱溟，人如其名一般有着清冷透彻的力量，如冰水。在整个社会沉浸于集体错误带来的狂热之中时，他多次公然站出来唱反调，希冀人们重拾理性，反思民主与人权。虽只是个人的力量，但其灼见无疑或多或少给“高烧”的社会退了些烧。终于，在相近的“少数派”的努力与中国的发展下，中国社会更加包容，更加多元开放。

他们的性格和思想受着冰与火的灼烧，这使他们矛盾独特，兼具崇高热烈的激情同时又葆有着对社会与自身信仰的理智与洞察。他们是人类发展史上社会力量的新鲜源泉。

这群敢于坚守的，每每与社会意见相左的先驱者们，本质和初心又何尝不是为了社会长远发展和人类文明进步呢。布鲁诺为真理，梁溯溟为中国。那些单一而不自由的时代已经过去了，面前是开放包容的新时代。我们不仅要在社会乱象与大众舆论中理性地省察，提出意见和观点，我们还需并且更需寻找到自己的方向并以极大的热情投入且坚守，为社会和人类的崇高事业出自己的一份力。

冰与火，并不只存在于少数派和先驱者身上，它们真正的归属应当在每个人的心中。

# 短视频软件海外受众心理的探究

## 基于抖音海外版在线评论文本分析

近年来4G技术迅速发展，各种短视频软件以其良好的感官体验大受追捧并迅速发展。越来越多的年轻人在互联网上寻求认可与存在感，国内的短视频软件以“抖音”和“快手”尤为突出，“Tik Tok”在国外的发展相比其同类也十分突出，海外用户量达到快手的三十倍之多。其市场战略是主要的推动力，但其抓住了海外受众的心理也是成功的一大原因。本文试图从海外版抖音的评论中分析受众的心理需求，探究海外受众的特点，为更多“出海”的互联网产品提供借鉴。

### 一、研究设计

本文随机抽取了从2018年8月7日至9月28日中“Tik Tok”用户所发表的“喜欢”数大于10000，评论数大于200的视频共100条。每条视频中的评论采用随机抽取的方法。每条视频抽取的评论数在20~50条。最后共选取3609条有效评论。所抽取的视频类型大致分为萌宠小孩，形象/才艺展示，风景，美食，奇闻逸事，生活技巧六个类型。在视频的发布者中，有70%来自亚洲，30%来自欧美。根据心理学中的“态度”理论，本文将关键词首先划分为认知、情绪情感、行为意向以及其他四个一级类目，按照其态度倾向将其分别再划分为正面、中性以及负面三个二级类目。本文对评论内容直接判断后，将评论归入十二个类目之中。

**二、结果分析**

1. 视频评论分析结果

在所选取的评论中，情绪情感类的评论占比达到了53%。各国家的用户倾向于在评论中表达自己对于视频的直接情绪。其次是占比24%的其他类型的评论以及占比17%的认知类评论。正面评论占比达到了59%，其次为中性评论39%，占比最少的为负面评论2%。各国家的用户倾向于表达对视频的支持和喜爱，对视频抱有怀疑或不赞同态度的用户较少。情绪情感类评论中正面情感占绝大多数，各国家用户倾向于表达正面的情感。在所有情感类评论中，正面情感占比达96%，负面占比4%。认知类评论中中性评论占绝大多数。各国家用户所表达的求知欲并无明显的情感倾向。行为意向类评论中正面评论与中性评论占绝大多数，各国家用户在评论中表现出的行为意向多为正面或中性。

2. 深入分析

亚洲用户偏好“萌宠小孩”及“生活技巧”类视频。

可以看出亚洲用户对宠物和小孩的分享欲望和喜爱高于其他地区。且亚洲用户注重饮食和家居，比其他地区的用户更关注（居家）日常生活的舒适和高效。欧美用户偏好“形象/才艺展示”类视频，反映出欧美用户相较其他地区用户拥有更强烈的自我展示和表达需求，更为注重外界对自我的关注和认可。此外，欧美地区用户在“奇闻逸事”类视频中偏好搞笑视频。在情绪情感类评论中，亚洲用户的情感表达往往更含蓄，欧美用户的情感表达更强烈直接。在认知类和行为意向类评论中，亚洲用户与欧美用户无明显差异。

**三、心理学角度分析**

1. 使用与满足

“使用与满足”理论强调受众拥有根据自身需要选择性地接受信息的能力。首先，用户能够通过观看视频获得片刻的精神放松。“萌宠小孩”类视频评论内容多为“可爱，好治愈”，表现出用户“用可爱的东西治愈自己”进行精神放松的情感需求得到了满足。其次，用户在“Tik Tok”上可以参与各种“pose challenges”。优秀视频会被分享到首页，为发布者赢得更多关注。欧美国家发布者占63%，这与传统印象中西方人更为开放，关注自我形象的性格相吻合。此外，用户在“Tik Tok”上能够更加直接地与自己喜爱的明星互动。用户可以参与明星们发起的玩法挑战，满足了用户与偶像互动的情感需求。

2. 接近性表达引起共鸣

传播的接近性是指用户对离自身距离越近，关系越密切的事件关注度越高。如大多数韩国视频的评论都来自亚洲，而欧洲地区用户的视频评论大多来自欧洲。这在一定程度上体现出地域文化上的亲密感和团体意识。用户对于与自己有相似或相同经历的视频更感兴趣。如在某些美食和风景视频中会出现“我也吃/去过!”等用户分享自身经历，表达共鸣的评论。用户可以从中寻找到归属感和对视频的参与感。

3. 娱乐至死：并不绝对

尼尔·波兹曼在《娱乐至死》中说道：“电视和网络媒介之下，一切都以娱乐的方式呈现；人类心甘情愿成为娱乐的附庸，最终成为娱乐至死的物种。”“Tik Tok”上用户所发布的作品内容多搞笑，以短视频的形式提供了情感表达的出口和浅显的感官刺激，能够满足人的较为浅层的娱乐放松需求，但缺乏更深层次的正面意义和价值。但同时，“生活技巧”和“美食”“美景”类视频中认知类评论相比较其他种类视频高5%～10%，也表现出用户的教育需求。

**四、结论**

本文通过评论分析，并结合心理学理论对海外用户心理特征进行探索，发现“Tik Tok”满足了不同地区用户的不同需求，且用户在使用中更倾向于对与自己地域或兴趣相接近的视频作出反应，以及“Tik Tok”在纯粹娱乐功能之外具有的教育意义。“Tik Tok”的火爆和在不断收购之下进行的全球扩张似乎前景乐观，但它对软件内低俗内容的管制不力和视频内容低龄化仍是亟待解决的焦点问题。

## 参考文献

[1] 龚琬琳．传播视角下原创短视频的传受者心理研究——以抖音短视频为例［J］．新媒体研究，2018，4（12）：20－21.

[2] 马海燕．短视频社交软件的受众心理研究——以抖音APP为例［J］．新闻研究导刊，2018，9（5）：59－60.

[3] 于海航，张维刚．新媒体原创短视频的受众心理分析及发展建议［J］．现代视听，2017（12）：54－57.

## “哂笑”与“痛哂”

可能很多人有这样的感觉：某一天你产生了一个模糊的念头或想法，但苦于找不到合适的词和方式来表达它，只能暂且把它搁置在大脑的某个角落，直到有一天你看到一句话或一篇文章，刚好可以简练准确地把你的那个念头表达出来——箭头正中靶心，产生瞬间的畅快感。

陈丹青讲鲁迅，艺术家说文学家。他们看似风马牛不相及，在本质上却又是相通的，那些在特定领域做到极致、高水准的人，身上常常表露出艺术家的特质。也许正是这种艺术家们在精神上的联系与互相理解，才让陈丹青将鲁迅的“好玩”“哂笑”的特质，剖析得透彻。而我们在精神上接触到艺术家的时候，常常深感两者之间的鸿沟：他们没有架子，好像离我们很近，他们又是那么好玩有趣，精神那么丰富鲜活。啊，好无力啊！少数与多数，艺术家与芸芸众生，他们观察我们，融入我们。活在同一个社会里，他们却那么不同，是永远不被同化的存在。

不过，什么是“艺术家”？我认为这是个可以放的很广的定义，不局限于歌手、画家、设计师之类。所谓艺术家，能够在生活的瞬息之间捕捉到吉光片羽并将它无限放大，做到极致，怀着一种疯子般不服输的劲头和狂热。他们是敏感而多变的，时而神经质，时而可亲，比如凡·高，鲍伊，昆丁。他们做专长的喜爱的事情的时候，总是全身心地投入进去，显得和其他人不太一样。在别人看来，凡·高是患有精神病的艺术大师，鲍伊是时代潮流的引领者，昆丁是爱暴力、爱唠叨的恋足大叔，但他们的作品和人格都是杰出的，划时代的。

记得在哪里看到一句话，真正的艺术家，其一生都是件艺术品。这句话与“嬉笑怒骂，皆成文章”有异曲同工之妙，其内核在于，这个人能够在社会中专心做他自己，无论遇到多大阻力。一位不羁的，有才情的，精神能够跨越时代的艺术家出现后，他的人格会被后世从几千个角度仔细研究，人们试图给他贴上标签，下定义。却最终发现他活生生而不可捉摸，不可被定型。正如再好的蜡像也无法抓住真人的一份神韵。

艺术家到了极致大概就是深刻的孤独吧。那种境界上的差异，是与人群交流以后，留下的深切的恐怖与空虚。这种感觉很可怕，这也许是那么多行业里的天才、艺术家自杀的原因吧。不过，大彻大悟之后，人生而孤独，死亦然。他们放开了，不在乎了，带着一种决绝和幽默的绝望，很难表达，处于一种相互矛盾又相互调和的状态，像是在大笑，实为大哭，笑时又其实在哭了，这难道不是“痛咥”吗?

# 艺术之意

俗话说：相由心生。看向贝多芬的黑白肖像，他皱着眉向右侧回望着。日耳曼人的血统赋予他以深邃的眉眼和线一样的薄唇，而头发像火焰一样伸展。他似乎在思考，思考被大众视为怪异的疯问题。

萧伯纳将贝多芬比作“压路机”，横冲直撞，无所顾忌。而在他的音乐中，乐式完全被充沛的激情所淹没，叫人听来总喘不过气。音乐就像是贝多芬进行情感输出的途径，充满强烈的个人风格——听他的音乐，就像在他的心中游历了一番，体会他所体会的情绪。他的内心，或是贝多芬其人，像是高温烧熔了的流动着的世界，沉重、炽烈而雄奇。

在欣赏艺术的时候，我心里总会有一种片刻的震颤和神奇——有一种情感通过对艺术的印象传到了心中。艺术家在创作的时候，想必也怀着这种惊奇和激情吧？有一个说法：你读莎士比亚的诗的时候，你就是莎士比亚。

作者本人的经历、思考与感情通过他们的作品被传递到异时空的个体上。

还记得在某一天下午的体育课上，我突然感到了这种心灵震颤。秋日下午，阳光透明，天空湛蓝。太阳刚好移动到领操台的上方，看起来就像被四周的建筑和云朵簇拥在中央，像一种纯粹的力量。这样的天空，让人觉得上面有神明。阳光投射下来，给班里每个同学的脸上镀上一层金色的光泽。当时大家在踢足球，脸上表情或笑或专注，五官显得立体生动，青春的活力淋漓尽致，在阳光下，所有的人都是美丽的。于是我脑中似乎在一瞬间回忆起了许多片段：一小段旋律，某幅以阳光和草地为景色的风景画，希腊人体塑像……

在那个下午我感受到艺术。有一种前人所表达过的，或是自身想创作点什么的冲动。也许曾经也有人在某个下午感受到来自和谐与自然之美的冲击。那个时刻是静止的。有艺术家将这些情感具象化为作品，而对作品的印象在我心中。于是在我内心被唤起这种情感时，印象便又出现了。那是共鸣，是在心中共同奏响的一小段旋律。

我们不是艺术家，但在我们和艺术之间却有着情感和思考的联结。艺术家们敏于感知，他们将这种东西通过自己的创作加工成作品。而作品反过来唤醒我们这些欣赏者心中的情感，造成一种窒息般的冲击和震动。艺术欣赏之意义大概在于此吧——将人类以一种最美的方式连接。

# 经典与流行

回归近几年，会突然发现一种“复古”的风潮：凡·高主题的电影，各种凡·高手机壳等风行一时；故宫进行整改之后，相关的文创产品、纪录片层出不穷，我们总愿意买上几个故宫的书签或吊坠，去那里的餐厅感受厚重的历史人文气息；北京最近还开办了达·芬奇展。

经典艺术品在这个时代逐渐回潮，成为流行文化中的一部分。

不过，这是为什么？在对“经典艺术”的传统认知中，它们只是毫无生气陈列在博物馆中的名画，而非以多种形式出现的流行产品。这一点让我们看到经典的价值：经典，不受时间和空间的限制。

就以凡·高的《星空》为例。模糊温柔的用色搭配——深蓝与黄，本应显得突兀的色彩，在凡·高的画笔下层层交叠，相互晕染出笔触温柔细腻的夜色。星星明亮，令人不禁想到菲茨杰拉德的《夜色温柔》。在这样温暖而忧郁的天幕之下，那亮着暖黄色灯光的小城有什么故事在发生？对于经典艺术品的欣赏不分时代，它们的美横亘时空，将人心中的细微情感牵引出来。

同时，对于艺术中经典的欣赏也常常不分对象。即使看不懂毕加索的抽象画，创作者的情感却也能从作品的轮廓中对人造成视觉冲击。

经典之所以成为经典，大概是因为这样吧，他们的意义与价值超越了时空的限制，令所有人为之叹服。这样他们才可以成为每个时代流行文化中的一部分。

然而，像凡·高之类的例子目前还只是特例。艺术中的经典依旧有许多在时代中寂寂无声，更别提文学经典和古典音乐之类——它们流行起来太困难了，似乎永远只是阳春白雪的小众爱好。

画作之所以最快速地融入流行文化，是因为它们的呈现形式更直观，更快捷。而其他经典的载体尚且在传播上有困难。

经典是优秀的，想要提升大众的文化素养离不开经典的传播。那么想要传播经典，便需要发现经典的时代价值和创意，使它流行。我们需要人才和教育，将经典成为流行。

这注定不是一条容易的路。但我们很高兴看到越来越多的人投身其中：北京新建的许多图书馆，传统文化进校园等。民众对此表现出的活跃和接受也令人欣慰，让人看到路途并不遥远。

让经典流行，让文化永驻心间。

# 那个下午，他看见世界

在美国地图上找到怀俄明州绝非难事。地图的西北边，有几块被整齐地划作方形的区域，其中有一块近似正方形，那一块就是怀俄明州。这里背靠落基山脉，东南部分与大平原接壤，气候很干燥，不过夏天会有挺吓人的雷阵雨和冰雹。壮丽的黄石公园就在这里。在州里更多的地方，是一望无际的牧场，牛羊慢慢悠悠地在望不见边界的荒无人烟的草场上游荡。

在怀俄明州的一个天空灰白的七月下午，汤姆·米勒不知道第多少次读完了那本《了不起的盖茨比》。汤姆今年十六岁，那本书从他十四岁起就陪伴着他。书已经被翻得卷边，尽管汤姆小心保护，还是沾上了不知名的污渍。他有些烦躁地把书放到一边，然后起身，跺跺脚上半旧不新的靴子。他来到镜子前，审视自己。

家里人和学校里的同学经常说汤姆长得“很特别”。不是说他有什么特殊的外貌缺陷，相反汤姆的脸还能称得上是很顺眼，而是“那种感觉，感觉他和周围的孩子不太一样”，母亲曾经这么评价他。同学们说不知道汤姆在想些什么。“我的确不一样，和你们不一样。”汤姆的心中涌起苦涩的骄傲。他喜欢繁华，就像书中描写的纽约。他甚至乐意成为盖茨比，像他一样美丽，富有，穿梭于上流社会间，有着开不完的派对。即使是他的死，也那么富有悲剧的美感。

哦，看看他小心翼翼打理自己头发的样子就知道。汤姆对着镜子把头发用梳子梳得尽量整齐，再用手抓得稍稍蓬松和凌乱，好看的那种。他调整了下背带裤的带子，向门外走去。

问题就是，汤姆感到想去哪里的冲动像沸水中滚起来的气泡，急迫又煎熬。然而他又不知道去哪里。这是个空闲的下午，他可以去找克里斯和艾玛，或者去镇上，或者山脚下的水塘，或者……

“汤米！”有力的声音打断了他的思考。特里·米勒朝他走来，喊住他。“你要出去的话，跟罗伯他们说他们的羊又进来啃我们的草皮了。该死的羊，是不是，嗯？”他说这话的时候已经走近了，揉了揉汤姆的头发，还在他的脸颊上随意拍了两下。汤姆厌烦地躲开，“别碰我。”特里没作回应，挥挥手走开了。“记得早点儿回来吃晚饭！”这是玛丽亚·米勒，他们的母亲，她的身材和皮肤在常年繁重的劳动与生育中已经渐渐走形，嗓音粗犷嘹亮。

汤姆觉得受不了了，他猛地站起来。现在解决他烦闷不爽的唯一方法就是奔跑，没有边际没有方向的狂奔。天空更暗了，汤姆朝着群山奔去。那地方他很熟，小时候他经常随着父亲和哥哥们上山钓鱼，或是采各种各样据说对牲畜有好处的植物，现在他不常去。然而此次，他仿佛受到什么力量的牵引，向那片连绵沉默的山前进。他想逃开，逃开，去没什么人的地方。

最终汤姆还是忘了去告知他们的邻居羊跑出来了。他跑到山脚下大口喘气，颧骨上浮起红色。他抹抹鼻头，决定登上山顶，坚定得就好像山顶上有他的梦想。他做出了了不得的决定：汤姆决意攀登的山头离地面有四五百米；山上全是树、河流和岩石，说不定还会有不知名的动物出没；更何况，天色暗下来了，天空飘着黑压压的云团——雨就要来了。

不过，汤姆是个不一般的十六岁少年，他没有在树林里迷路，踩断了无数根马鞭草和杉树枝。黑松高得令他心悸，它们的枝条擦过汤姆快速移动的身体。汤姆的裤子和衬衫也许破了，头发肯定乱了。但他管不上这些。混合着植物气味的清凉空气大口灌入他的肺，他颤抖着、哽咽着，手指冰凉疼痛。他一心不去想杂七杂八的事情，只专注在开辟眼前的道路上，“山顶”像个魔咒一样在他心中回荡，指引他忘记一切，走得更高，更高。

恍惚间，他觉得自己看见了某盏小绿灯，在彼岸呼唤着他。但那不是，野兔在森林中飞快地蹿过，眼睛闪闪发亮。盖茨比的形象回到了他脑中，周身泛着象牙和黄金的光彩。他艰难地吞咽，向着这个幻影前进，一步又一步。那种对自己的控制感和高贵感全回来了。虚幻给他以力量，但他真的很累了，大腿除了酸痛已经没什么知觉。终于，视野渐渐开阔，两侧的树向下走，汤姆到达了山顶——他把所有的尊严都抛弃了，毫无形象地躺倒在一块平坦的空地上像离水的鳟鱼一样喘息。

终于，等体力稍微恢复些以后，汤姆勉强用手肘撑起上半身看向前方。他看见了天空，一半愤怒的深灰和一半夕阳。云层层叠叠，在边缘泛起翻滚的褶皱，呈带状一直布满整个天空。整个世界好像就要压下来了。而在天空的尽头，汤姆视线正对的地方是太阳。拥有绝对力量的太阳，亘古不变。这时候云层刚好离开太阳，太阳就把它的光洒得到处都是，像金色的蜂蜜一样浸透云边，使它变成玫瑰色和琥珀色，这种颜色随着离太阳的距离越远越浅淡，依依不舍地消失在云朵中。云因为太阳的照射显得发浅而柔软，二者的对比度却饱满又鲜明。整片天空，群山，山脚下的镇子……世界在汤姆眼前。汤姆想要大喊，想要大哭。他觉得身体里有什么东西被触动了开关，有什么苏醒了而又有什么被抽走了。他最终跪下来，泣不成声。瘦长的脊背起伏着，最终，因为体力不支，慢慢倒在地上睡了过去。

等到一滴液体激起汤姆后颈一阵战栗的时候，四周已经冷下来了，汤姆的知觉回到了他身体里。他清醒地意识到太阳下山了，雷阵雨要来了，而自己还待在降水最充沛的山上。他很有可能会死。他一骨碌爬起来，甩着早已过载的四肢冲下山。他依稀记得上山的路，不过现在他基本上是靠着直觉在走。跌跌撞撞地，他的身体飞速下降。树枝划破了他的脸，两侧依稀能看见夜行动物穿梭的身影。“我必须得回去。”汤姆默念着，放任他的腿将他带向山下。这时候盖茨比在他的幻觉里又出现了一下，但很快便消散了。他就像眼神最好使的灰狼一样在黑夜中分辨出路途，使出了他不知来源的力量。

地形起伏渐渐变得平缓，在一片狂喜和如释重负之中他知道他到山脚了。现在看汤姆就像一个疯子，头发蓬乱还插着树枝，背带裤带子断了一条，衬衫和裤子沾满泥土，靴子裂开了缝。唯一可以将他与流浪汉区分的特征就是他的眼神发亮，带着股不要命的狠劲儿。这个现在和盖茨比没一点相像的汤姆心中只盘算着要跑回家去。

在平坦的道路上，汤姆狂奔。他能嗅到羊群和烹饪的气味。闻到熟悉的味道后他又想哭了，但这种感觉很快被一种畅快洗刷掉。风在他身后推着，噼里啪啦的雨砸在他身上以致发痛。衣物湿漉漉地贴在皮肤上，头发粘在了额头上。看见远方暖黄色的灯光和稀稀拉拉走着的牧群，汤姆感觉好自由。一道闪电闪过，紧接一声惊雷炸开。他想朝着天空大吼，跳起来，大笑，什么都好。他的身体完全成为他意志的容器，完全由他驱使，因而他也不觉得累。他就要回去啦。他的脚步更急了些。

最先提示他到家的信号是他家人的呼喊。“汤米？汤姆·米勒？你在哪？出来！”他几个兄弟和父母的身影在暴雨中渐渐清晰。“我在这！”他上气不接下气地大喊。所有人看见他这副疯样子都吓了一跳。“天啊！你去哪里了？赶紧去洗个澡，然后我们吃饭。今天晚饭有南瓜鸡肉派。”他的母亲关心他一通，然后又在饭桌上数落他去太危险的地方。他的父亲和哥哥们都会意地看着他笑。而汤姆穿着干净温暖打着补丁的衣服，全身洗干净了，坐在餐桌前止不住咧开嘴笑。每当有人问起他怎么回事，他都笑着不谈。他的经历太惊险、太奇妙，对外人说出来会折损它的魅力和意义。

汤姆回到房间，脱力地倒在床上，手边是那本《了不起的盖茨比》。汤姆鬼使神差地翻开第一页，微弱地读出声：

“我年纪还轻，阅历不深的时候，我父亲教导过我一句话，我至今还念念不忘。‘每逢你想要批评任何人的时候，’他对我说，‘你就记住，这个世界上所有的人，并不是个个都有过你拥有的那些优越条件。’”

在灯红酒绿之间的盖茨比转过身来，向他回望，然后模糊成流动的色块，像水一样流走了。他心中的天空新鲜又缓慢地像蜂蜜一样流淌，他还能听到他自己粗重的呼吸和森林里的沙沙声，还看见紫色的闪电。

睡眠拥他入怀，在那个他看见世界的晚上。也许他会梦见彼岸的某盏小绿灯，也许不会。

# 之后

在那些童话故事的最后，王子与公主克服了重重阻碍，幸福地生活在一起了。在童话的世界里坏人总会得到惩罚，正直善良的主人公永远幸福。小时候，我沉迷于这美好的世界，并且坚信：如果好人都得不到好报，命定的恋人都不在一起，这还是什么世界?

小时候的我，坚信着美好与善良，将现实世界与故事里的世界在我的脑中无缝拼接起来。在哲学上，这是我的世界观——这是一个单纯的，好与恶分明的世界。

人总是会变的，人总是会成长的。这个美好的世界持续的时间并没有太长。

一切都始于那本《活着》。当时六年级的我只是无意地从书架上抽了一本，然后读它而已。没想到的是，随着章节的推进，我的梦幻世界逐层崩塌。我看着福贵的善良没有回报，我看着他的亲人一个个离他而去，我看着太多人被生活逼着变坏，我看见疯狂的年代，我看见他最后与生活妥协，坐在树下平静地与人分享他的一生。

我看见了世界的丑恶的真实。我的意志开始昏沉，我的世界观被打碎然后被重塑。当我终于在一个下午把它看完，并用颤抖的手把它放回书架上时，我仿佛离水的鱼，在岸上大口地、艰难地呼吸。

我机械地迈步走出房间。我不再是我了，不再是天真的我了。我眼前的景象扭曲着。对，世界是坏的。陌生人的微笑是嘲笑；人人为利益而活，狡诈多端；全天下的父母逼他们的孩子学习是为了他们自己。

我读的书越来越“偏”，对于一个小学生和初中生来说。余华的其他作品，鲁迅的杂文，钱钟书的《围城》，果戈理的《死魂灵》……尤其“反乌托邦三部曲”，令我顿悟世界可能不过是一个个谎言。名家们辛辣恣意的笔触和妙语连珠吸引着我。我沉醉其中，仿佛我也在他们的行列之中，取笑讥讽着无知的世人。对啊，王子与公主背后说不定还藏着权钱交易。

可以说，是文学用它的力量一次次改造着我的世界。之后，又是现实改变了我。文学塑造的世界有着时代的局限性和作者的主观性，而现实却是我们触手可及的。

那天生着病的我摇晃着虚弱的身体，去抢公交车上最后一个座位，不料却被一个老人“捷足先登”。于是我病恹恹地站在他旁边，紧咬下唇，在心中怒吼世界的丑恶。那老人仿佛看出了我的问题，竟把座位让给了我。我还记得他说“你坐吧”的那一瞬间，我内心惊奇不已。我不客气地说“谢谢”，然后坐下。接下来的路上我望着他脸上纵横的皱纹，我感觉心里有什么东西悄悄地变了。也许，我应称它为希望，对这个世界的希望。

希望真的就像春风，一点点改变着我。希望是同学们一起分享的零食和笑声，是比赛时的加油，是晚回家以后等着你的热气腾腾的饭，是一句鼓励，一个微笑。我时常觉得自己在刻奇[①]，因为我总是想热泪盈眶，热泪盈眶地拥抱这个世界，拥抱它的美好和丑恶并接受它。我在活着，我在真切地生活。也许这个世界上会有不公和难受，但我们不应忽视它的美丽。我好奇我为什么如此长久地忽视了它。是的，这个世界上有丑恶，但也有可贵的美好与希望。世界就像一个普通人，有缺点也有优点。

哲学上说，要辩证地看待问题，看待世界。发现世界的问题很容易，要发掘它的美好也绝非难事。世界是复杂的，而且每时每刻都在改变着。所以，我们不必用一把绝对的尺子去衡量万物，分为简单的黑、白。

罗曼·罗兰说，世界上只有一种英雄主义，就是看清这个世界并爱它。

我想，在故事的最后，公主和王子一起生活，他们可能幸福，也可能不幸福。他们会有争吵和泪水，也会有欢乐和希望，像世界上的任何一个人一样，真实地活着。

---

① 刻奇一词来源于德语，可以理解为是一种具有象征意义，貌似精美，实则廉价的情感认同和抚慰。

# 与书为友

“万物皆有道”是《道德经》的核心思想，千年不朽，流传并影响至今。这部古老的著作像是我的朋友，在每时每刻给予我睿智理性的建议，令我领悟这个世界的秘密。

初遇《道德经》，大概是在小学低年级的时候。看到课本上关于它的摘录：“不积跬步，无以至千里”，我隐约感知到这本书绝不简单，有些为它深奥的魅力所折服。于是我买来它，饶有兴致地准备阅读。然而年幼的我经历尚浅，不懂为人处世的道理，看不懂它在开篇阐述的“道”在讲什么，于是弃在一边。不久，它就孤单落寞、布满灰尘。

然而，它却耐心地，静静地等着我。

再次萌生阅读《道德经》的想法，是在初二。少年不识愁滋味，读它的部分原因是为了使自己显得高深。但这一次，我被它深深吸引。“知人者智，自知者明”这些丰富而实用的道理，像一泓清泉缓缓流入心间。这为心智正在成长的我，提供了一片精神的沃土。我将它的好句摘抄，感到无比满足。它像一位良师，使我更客观地看待事物。

初三了，学习的压力有如重担压在身上，我从题海中逃离，去寻求《道德经》的庇佑。“慎终如始，则无败事”，随着年龄的增长与见识的丰富，再读它只觉豁然开朗。只要自己“不忘初心”，每天坚持前进一小步，必定会行至千里，因此对待学习不必急于求成。事物内部客观存在的规律，隐藏在事物背后。万物由道而生，而最终因它走向灭亡。我似乎站在高山之巅，望向远方辽远澄明的天空。《道德经》使我心胸开阔，懂得放下，就像一位引导者。

从启蒙，到感受，再到领会，《道德经》始终陪伴着我，不离不弃。它在不同阶段扮演着不同角色，如同朋友，又如良师。在接下来的日子中，我相信我依旧会在某个时刻，翻开它，去细心品味它蕴含的道理与情怀。

# 写给我的 2017

现在是 2018 年 2 月 16 日，凌晨 12 时 20 分，万籁俱寂，甚至没有鞭炮的声音。而我躺在床上敲这篇总结。当你想早睡的时候，睡前千万不要喝咖啡，不要。

一想想 2018 年已经来了，心里莫名有些后怕。2016 年中考的情景还历历在目，而今年我就要高三了。我要用“白驹过隙”来形容这几年，而白驹过隙这个词我还是在初二的国学课上学到的。我还记得当时是夏天，冷气开得很足，我的字迹大而认真。

言归正传，2017 年。从高一到高二，从普通班到文科班。16 岁。养成了看电影和英文书的习惯。自控力高了一些。成绩好了一些。把头发扎起来了。体重，很不幸，增加了。身高似乎向上了一点点。开始学日语。掉进欧美圈的深坑。

光看这样波澜不惊的叙述，好像没有什么。但这就像电影，你不亲身体验永远无法理解主人公的感受。要做到这些，会有内心的挣扎和矛盾，会有迷茫和彷徨。

记得在高二刚开始的时候，我也不知道为什么开始激情学习。十一国庆，在高铁上看书写作业；周末的作业周六晚上之前势必完成；每天看书，即使不喜欢也强迫自己读下去；公交车上背单词……那是从何而起的？为什么我连中考的时候都没有如此学习的动力？说实话，现在想来我也很困惑。我把它归结于我是个年轻人、高中生，而生活需要一点改变和尝试。

尝试是成功的。成绩离开了物理、化学，上升的速度还挺快的。我自然是开心的。于是我在放学回家的路上迎着寒风想：啊，我为什么要努力学习呢？这些名次在除了受到称赞而感到开心之外，留给我自己的有什么呢？

于是在 11 月我很认真地想这个问题。这个问题很经典，困扰了一代又一代人，让他们在诗和歌词里大叹青春的迷茫和彷徨。理想？梦想？目标？人生……我那个时候得出的结论是：人活着开心最重要，所以我们努力是为了更好的物质和精神享受，从而享受人生。努力学习是通往成功的比较保险的捷径。人活着，有那么多好电影、好剧去看，那么多好书去读，那么多有趣的人和事。所以为了得到这些东西，我们还是要活下去。

我当时很满意这个答案，现在也是。人来世间走一遭，是无数机缘巧合的结果，还是好好珍惜吧，尽量让它变好点。

可惜的是，生活不只有诗和远方，更有眼前的苟且。尤其当你还是个资历尚浅的高中生，那些苟且都像是被放大了无数倍横亘在你面前，让你再也看不见美好。有一段时间我又在辗转反侧，在这种感觉的泥沼里纠结。然后我去看了《人类简史》，有豁然开朗之感。

《人类简史》的作者有一个有趣的理念纵贯全书：人类没什么大不了的，不过是巧合的堆砌而已，不过是恰好产生，恰好能思考而已——不要自视甚高。我相当赞同这个理念。说白了，世界不是绕着我们转的，我们都只是普通人。所以任何不幸或幸事发生在我们身上都无关紧要，没必要看太重。人生，按照自己喜欢的方式去活就好，不过不要危害社会为好。

这样一想平心静气了许多。你人生的很多东西是先天的，无法改变，你可能不喜欢；但你还是可以通过自己的努力按自己喜欢的方式活着。这就是人生，可以荒谬，可以现实；可以残酷，可以童话。这种杂糅的感觉有种奇妙的美感，像阴阳两极。

2017 年可贵的一点就是，学会去思考自己存在和生活的意义，并尽力改善它。我认为这是个很大的进步。但愿 2018 年我能向这个方向迈进更大的一步。还有，2018 年要学会享受生活啊。

晚上千万不要喝含有咖啡因的饮料。好好养生，保护视力。2018 年，我对将要伴我一生的肉体如是说道。

要珍惜身体啊，毕竟人的整个人生在某种程度上是依赖于它的。

想在这里用一句诗，或者一句经典语录来宣告此文的终结，以及对 2017 年的告别。可惜储备和记忆力有限，想不出来。但愿 2018 年的我，能知道这一句话会是什么，并且还知道好几个可以替换它的句子。

# 无法预测的未来

我们无法预测未来，无法预测将来的自己会有什么作为。因此，我们常常因为前路的迷茫而焦躁不安，为现状而焦虑哭泣。几次想要放开，却总被迫地继续前行。

所有人都不能预测未来。在历史的漫漫长河中，许多人化为一滴水，一粒尘，一声微不可闻的叹息。那是平凡的大多数人。在对前路的绝望之下，他们选择与这个世界和解，并融入它。他们放弃了一些重要的东西。

但与此同时，有人在历史上留下无可磨灭的痕迹。他们的名字被后世铭记，功绩为众人传诵。人们羡慕他们的名誉、他们的才华乃至财富。但殊不知他们有着艰辛的历史，他们也曾面临人生的窘境，怀才不遇，穷困潦倒。

凡·高在生前只卖出去过一幅画，全靠他的弟弟供养。他一生中创作了数百张画，是不折不扣的“艺术疯子”。直到他死后多年，人们才发现《星空》中壮阔如诗的意境。苏轼几经贬谪，但他依旧坚持超然物外，撷取生活的乐趣，正是他这种超然洒脱的精神，才使他的文章别有神采和韵味。司马迁遭受宫刑，在身心备受摧残的时候咬牙坚持创作《史记》。

他们的成就固然伟大，但其中蕴含的一种跨国籍、跨时代的精神更为宝贵：一份坚持的理想与信念的初心，无论境遇。

他们亦是凡人，无法预料现在的坚守会有多大回报的凡人。但他们成了伟大的人，成了永远高悬在历史长河之上的明星。他们的坚守成就了他们，他们的一种超脱于时代的信念与精神成就了他们。如果他们能够看到当年默默无闻的自己现在被千古传诵，也许会释然吧。今天人们的慧眼，总算没有辜负他们。

那些名人们的处境，大多比现在的我们更加不堪。而我们，又何去何从呢。

我看到过这样一段很有意思的话：当你背诵单词时，北欧的极光洒满大地；当你刷题时，世界万物都瞬息变化着。但不要灰心，因为你不知道现在的你将来成就什么。也就是说，当人生似乎看不到前进方向的时候，要坚持下去。坚持自己最初的热爱与理想，成为那个仰望星空的人。

你无法预测未来，无法知道前路有着什么样的困难。但无论如何，都不要丢掉自己的理想与方向。

怀着坚定的心和不会被打败的精神，向未来走吧。

# 谈谈娱乐化

我在许多书店里看到这样一本书——《娱乐至死》，封面很好看，内容也被许多人推荐。但我迟迟没有买它：我害怕重现“买书如山倒，读书如抽丝”的枯竭财力、心力的这一活动。于是我带着自责与对家中许多未读的书的愧疚从书架前走开，心想：怎么变成这样了呢？

那本书中大概有我想要的答案吧——娱乐至死。手机、电脑实在太好玩了，以至于我将从前的读书时间耗费在了上面。以前我一有时间就去看书，现在闲下来有时便条件反射般打开手机或电脑，盯着屏幕或桌面，却不知干什么。不过我总能找到在上面消磨时间的方法，我们总能。瀑布流的信息从天而降，直击头顶和心灵。就好像逆风而行，风中带来无数承载信息的纸片哗啦啦拍在脸上，你忙不迭一张张抓住，捡起，扫视。

手机、电脑之所以令我们依恋，是因为它的碎片化与娱乐化，或者说是接收的信息相对简单。抓人眼球的标题与对人口味的内容，结合高科技时代的多图、多视频，体验畅快如快餐。不过它也正如快餐——满足口腹之欲后，你会不安地感到内疚、疲惫与空洞。

娱乐化是工于心计的野兽，一点点吞噬各个领域，降低人们的精神水平与思考力。手机、电视剧因为其便捷快速而被娱乐化还不算意外，现在可怕的是书与电影也在慢慢滑入这个深渊。比如阿来的《三思〈阿凡达〉》，旧酒装新瓶，老套的故事内核与理念配上崭新的吸引眼球的外壳。这种例子比比皆是。还记得作者在文中不着痕迹地赞美斯皮尔伯格坚守电影情怀，现在老先生也开始拍《头号玩家》这种新题材+老剧情的电影，套个幌子美其名曰“情怀”，一事无成的白人男主角凭借宅人的纯真、胆识与智慧一步登天拯救世界，顺便抱得美人归。看得我很难受、很悲哀，还很想再看一遍《猜火车》。不知阿来看到有何感想。书中有些内容更令人目不忍睹：为赋新辞强说愁的拥有美丽皮囊的青年作家把自己放在封面上，在书里无病呻吟，编造一些自己都看不懂的句子故作高深。然而读者趋之若鹜。

如果未来真的像《头号玩家》中所描述的一般，人人逃避现实，沉迷高科技娱乐，这种可能真的存在——听听看电影时周围人的惊叹就知道了。我感到被挟裹着向前的无力，同时在查看豆瓣评分后深深地孤独感：竟有8.8分。

也许我是清醒了一些——我又有些欣慰了。是时候去把那本书买下来了。

## 瞬间

“来，给您翻个身！”几位护士齐心协力地分别抬住病人的四肢与脑袋，将他换了个姿势。

在那一瞬间，他侧过来的一瞬间，泪水从他有些呆滞浑浊的眼睛中淌出，悄无声息地顺着太阳穴流进了他的鬓角。

我登时感觉后脑勺和前胸好似被什么东西重重地击中了，喉咙像是被紧紧地勒住，眼睛也有些酸胀。

我转身走过病房，不忍再看。

那是去医院的社会实践。那天，我们在ICU病房参观学习。

ICU的病房，宽敞而安静。淡蓝色与白色的主色调，佐以刻意低亮度的照明，使人从心底涌现出浅淡悲伤情绪，像一块拭不掉的水渍，又似天空中唯一一朵消散不去的云。而病房里的病人们，有意识或无意识，有的睁着眼睛，有的睡着。要不是有床边与他们的瘦弱形成鲜明对比的巨大的精密仪器和忙个不停的护工、护士，这里可真像童话世界。

床上的那个病人，痛苦地呼吸着。他没有自主呼吸的能力，只能通过那直插入肺的呼吸管强制呼吸；他不能自主进食，于是又有了从鼻孔插进胃输送流体营养的“鼻饲管”。除此之外，尿管、生命监测仪更是密密麻麻地依附着他。每天都要被无数人（护士，我们）检查，隐私自然是没有的。

然后，他还是有意识的病人，只不过很难动弹。在那病床上的如果是我……无法想象。

在那天下午，医生们看他呼吸困难，决定对他进行气管切开术——从脖子处开个洞，直接把呼吸管插到气管上。

我们观摩了那场手术，术中，他被注射了局部麻醉的药物，浑身盖上绿色的罩布不让他看见自己的伤口。他却在术中用自己仅剩的气力挣扎着，使罩布像绿色的波浪一样涌动，并发出含混的拉风箱般的叫喊，我的心情也像那罩布一样涌动着，总感觉他是在我心里挣脱，而我的心快要破了。这个瞬间比之前更有冲击力。毕竟，泪水是人类情感最真挚的表达方式。

在一个瞬间，我仿佛成了他，在病床上无力地任人摆布。什么也不能做，只能望着那白色的天花板，空流下泪水。在那个瞬间，时间像是变慢了。

在医院实践的那五天，我们见证了许许多多的哭喊与疼痛，却都不如这个瘦弱病人的泪水给人的印象深。那是悲伤，是绝望，是无奈，是痛苦，是一个生命对自己命运的深深的无力感。

# 春的断想

三月，春天已经悄悄来了。你看见玉兰花苞日复一日地鼓胀起来，呼之欲出。你的心中涌起奇异的希望，仿佛心也饱满了起来。你想为这春的征兆而[illegible]叫、奔跑，宣泄自己的喜悦。然而春总是矜持又羞涩[illegible]藏在冬天的身后，任由冬降下绵绵的雨夹雪。你疑惑[illegible]自问：春天真的来了吗?

你原谅了她的任性。

坐在窗边，一缕温和的清风拂过[illegible]颊，那是春天的鼻息。

空气中飘来暗暗浮动的花香，那是春天周身的芳香。

大街上，穿短袖的人与穿羽绒服的并排行进，那是春天的魔力。

春天宛如一位不会衰老的少女，就这样袅袅婷婷地来了。

三月到四月，这段时光是幸福的。你看，柔嫩粉红的桃花，大概是她的嘴唇；白若雪的梨花、杏花，想必是她的衣衫；柳树纤细的柔美的枝条，勾勒的是她的腰肢……空气中的馨香与那一份清凉使你醺醺然，你觉着自己也许是醉了，沉湎在春天的温柔乡里。春越发显出娇媚来。走在路上，你被她搂在无形似有形的怀抱里，与她相融为一体。你明白了，为什么有人要唱“请把我埋在春天里”，你感叹为什么去年没有发现她的美丽。实际上，你每年都这么说。春天就在你身旁，她显出了形体，在你所去的每一个地方。

随着清明节到来的，是一场雨。这场雨下得有些冷清，却令人酥了筋骨。细细密密的雨丝飘在你的头发和衣服上。这雨是温软的，一点一点侵蚀着你，像周日下午的黄昏一样无力，这大概是她的耳语，她的爱抚吧，她有许多话只说给你听。

雨结束了，空气干燥了起来。你有些慌乱和迷茫，现在你感受到的，是春还是夏？她，那个纤细可爱的她，就要走了吗？你试图喊出来“不要走”，却什么也说不出来。你黯然了，知道她去意已决。

终于是时候了。你徒劳地伸出无力的手去抓住她的衣袂，不慎扯下一角，却发现手中仅一枝迎春花。

年年如此，你知道，她还会再来。

# 支教总结

## 裴山中学随想

我想了很久要从什么切入点来写这次支教，而最终决定不再将它用明确的主题限制住。因为这次活动本身就是综合的，并不是为了某种单纯的目的。再者，我也看到了很多方面、很多东西，要是专挑其一其二写也太可惜了。

其实最初来到裴山中学我心里是没有太大惊奇的。这里就是大多数人可能有的一个农村老家的翻板，不过这里条件更好些——至少厕所还能冲水。这就像一个模板，脑中的一个观念和印象。乡镇中学，就在我们一百多公里外的地方。

关键的一点就在于，我从来没有深入到这种环境中去，之前一直都是远远地看着。这一次我们才有机会真正地去感受和了解与我们截然不同的生活，去接触其中那些鲜活的生命，理解他们的想法。

鲜活的，柔软的，羞怯的，笑起来的时候脸颊上的肉鼓起来，带着一份好奇与小心翼翼——这是我记在支教日志里的话，来形容这些孩子给我的第一印象。他们大概十四岁，正是洛丽塔的年纪，喜怒无常，心思细腻，既有小孩子的脾气也带着点大人的世故。用通感来讲，就是不小心溅上柠檬汽水的，穿过了很多次的，带点汗味的洗得发白的旧T恤的味道，皮肤光滑柔软，洒满阳光。只不过这通感中的味道和现实差别太大：走进他们的教室或者楼道，闻到的只有浓重的汗味。

于是我们在充满汗味，或者说人类气味的教室里与他们一起学习，或者教他们课。他们在上课起立的时候要大声喊三句话："我要说普通话！我会说普通话！我能说普通话！老——师——好！"这口号颇具气势，每次听时我都产生一种眩晕感，以为是皇帝上朝了。口号喊毕，老师会云淡风轻地说："请坐。"大家都哗啦啦地坐下了。

听他们讲课，实在是有点痛苦。老师与其说是在上课不如说是讲题，并且讲法毫无新意。看得出来她们尽力了，但效果实在不尽如人意。学生们的学习被题海所占据——上课讲卷子，课下做卷子，每上完一节晚自习就收指定要写的卷子。这就造成他们的学习过程中缺少关键的一项：主观能动性。上课、去学校的目的不是去死做题，而是去学习。要学会预习、复习、查漏补缺，建立自己的节奏。而班里的有些孩子，只能盯着一道选择题，足足看了二十分钟还没能动笔。

当然其中也不乏聪明的孩子。你能从班里六十多个学生中一眼看出那几个不一样的孩子，他们眼神灵动，充满友好的好奇与求知欲。你知道他们是特别的——看到这样的孩子让我心旷神怡，心中好像生发了希望。能在这样的教育条件下跻身年级前几名，拥有这种气质的孩子，把他放到哪里都没有问题。我多希望他们能去四中，或者去国外深造，感受这个世界的丰富多彩与青春的无限种可能。这种时候我就痛惜，为什么这么优秀可爱的孩子不能够生在更好的地方。

我们来的地方——裴山中学，这些孩子们生活的地方。教学楼和校服的颜色都是对比强烈的黄与红，背景是纯度很高的蓝天与环绕的群山。校园里找不到挂在墙上的镜子，教学楼里没有厕所，宿舍里接不了水，但教室里有可触摸的白板。食堂的饭菜量很小但不算难吃。会在校园里抽烟，童心未泯而淳朴热情的学校领导。年轻的女老师们。明明是初中生，长相和心智都像小学生的学生们。他们连上十一天课之后放三天半的假……现在闭上眼睛，那里的场景还会从脑海里浮现出来。

我们去那里“支教”“体验生活”，但这些对他们而言却是常态。每每想到这里我都会感到一种深重模糊的悲哀与无能为力：人生而不平等，有些东西注定无法改变。中国太大，这里太小。但在孩子们的眼里，这里几乎是他们的整个世界。我希望为他们带去更多，而最终发现自己两手空空。

我们只能给他们上课。他们很乖，会大声回答“是”

“对”或者“明白”“可以”，尽管他们中有些人会觉得不可以或者不明白。我们力图带他们发现学科之美，给他们看点不一样的东西。不过可惜的是，有时这种方法并不太受某些任课老师待见。有些老师会觉得我们讲的太“飘”，和考试内容无关。真是令人遗憾！如果学习只是为了考试，那人生还有什么意义？

于是我在心中暗暗感谢四中的老师们，感恩我的幸运。

我们只能给他们上上课，聊聊天，送点小礼物，并不能改变他们的人生或者教育的现状。相反地，他们带给我们的东西远多于我们能带给他们的。人每到一个新环境中都是一个重新认识、发现自己的过程。在他们写给我的留言中，我发现我依旧不是个健谈外向的人：非常温柔（？）；英语和画画很好，甚至还挺可爱的。我借助于他们的眼睛看到了自己，也许只是我选择展示出来的非真正的我的一面，但总归是深化了我对自己的理解，增强了自信心。

还有重要的一点，就是你很难感受到的纯粹的、无条件的善意在这里你可以接收到，并且是极其大量地接收到。他们的心纯粹、干净又快乐，对我们总有无限的包容、好意与爱。“人之初，性本善。”在这里，这一句话得到了最充分的体现。他们送给我们的配送牛奶（被他们称作“蓝莓味”，蓝包装，没有味道；事实上还挺好喝的），笔芯，橡皮……那种感觉相当安心——被人爱着的感觉，好像在温暖的水里漂浮。在发达一些的地方也许就没有这些了，矛盾的两重性啊。他们见恶太少，心里装的全是善。透明也易被污染，被折损。温暖的冰，湿漉漉的。

大家说离别总是悲伤的。好几个同学在与他们分别的时候流下眼泪，有甚者泣不成声。而我们这一组里，王镜舒一开始没什么表现，却在读留言和说总结的时候开始抽噎；包涵在分别的前一天沉默了一晚；我眼眶干干的，笑着冲他们挥手说再见。他们就要放假啦，每个人都激动而开心，脸上洋溢着笑容。在最终离开的时候我发了一条朋友圈，来纪念我在这里发现的美好和令人惊奇的美丽。离别并不悲伤，只是一个新的开始。前面的路我们都要各自走下去。

我不知道有生之年我还会不会回到这里，也许再次来到这里的时候早已物是人非。生命的火车隆隆向前行驶，将一切抛之于后。我会记住这个地方，也许会在生活中毫不相干的瞬间想起它。然后就什么都出现了，他们又回到了我身边。

# 茶

品茶。

绿茶。

茶叶蜷缩着躺在杯底。热水一激，它们随着水流向上浮了起来，安静地浮在水面上，仿佛一个个新生的婴儿，在温热的水的抚慰下，伸开了拳脚。芳香四溢，那种特有的，苦香苦香的味道，随着袅袅蒸汽上升，仿佛幻化出数千年前的一幅幅茶韵场景。

一个人的深秋下午，呷一口茶，宁静淡然——时间仿佛停止了流逝，人生便是如此。茶叶渐渐膨胀开来沉入杯底，口中回甘无穷，清香爽口。

人生如茶，苦香苦香。“人有悲欢离合”诠释了这一点。君子的人生就像一盏茶，不腻，不油，带着一股“浩然正气”。所交往过的人，除小人外，都觉得神清气爽，回味无穷，更何况茶又有那么高的营养价值。

茶如君子，那么糖即为小人。初觉甜美无比，人尽皆赞。后却口中泛酸，抹都抹不掉！这时便需要茶了，先苦（也是微苦）后甜。

再呷一口，再喝，再喝，茶喝干了，残茶留在杯底，如一幅颇具诗意的写生画——像竹叶。用瓷杯泡茶很久，杯中便留下茶的清香，以至于喝白开水，都觉在喝茶。

人生如茶，君子的人生更如茶。交往之人感到回甘，死后也总千古流芳。

# 写给我的2018

昨天晚上我躺在黑暗中，在咖啡因的干扰下辗转反侧，这是2018年除夕的即视感。我甚至想好了这篇年终总结就这样开头："有一位剧作家创作了《4：48精神崩溃》这部话剧，用以描绘4：48这个在心理学上人们心情最抑郁无助的时刻……那么如果有一部剧作叫作《除夕凌晨未眠12：40~3：11》的话，那么创作者非我莫属"，诸如此类的话。

言归正传，我们来说说2018年。我想找一个词来概括这一年，这个词可以是具体事物，也可以是抽象概念，然而失败了，因为2018年很多事情和很多思考缠杂在一起无法斩断。这就好比写议论文找不到中心论点，那么不如换一个方式：找不到话题明显的倾向性时，就把它变具体，从具体中看出立意的影子。这是2018年4月"身边的陌生人"活动教给我的。

如果借用同样的方式来描述我典型的一天，那大概是这样的：起床、学习、运动、听音乐、吃东西、读东西、玩手机、睡觉。我想 2018 年最值得称道的是运动这一点。在运动中，我更突出的是长跑。回顾 2018 年一年的跑步记录，在速度和距离上都有了长足的进步，不过这大概是起点过低的缘故。是什么驱使我跑步？单纯为了减重吗？我肯定这是一大原因，但总有着别有深意的缘由。用毛姆的剃刀哲学来说，我在跑步这种简单的活动里寻找到了深层次的意义。其一是建立精神与肉体的和谐关系。跑步使人强健又轻盈。我的精神或者思想在我的躯体迅速轻松运动的时候会产生快意，从而我精神的一方面和物质的一方面能够很好地协调运作，让自己处于一种比较自足的状态。其二是追寻快感。这种感觉很奇怪，因为跑步本身是孤独又累人的活动，但人们往往能从这种“受虐”中找到享受点：跑步跑到极限时头发散乱，满面赤红，身体不由自主地佝偻前倾，大喘粗气，似乎所有的声音都叫嚣着停下来。但只有四肢在不由自主地向前运动，风在汗水上呼啸而过。跑到终点时世界是寂静的，好像被调了静音，只有一片片晃动的色块。然后心中升起狂喜，如释重负也骄傲无比。

村上春树提过，跑步是一种可选择的磨难。我选择了它，就像我作出生活中许多其他的选择。

学习是高三学生绕不开的话题，它也可以算得上是“可选择的磨难”。在成绩之外，在适应社会要求之外，学习一定也有着它自己的深意。猿猴学习使用火与工具使它们区别于它们的愚昧近亲；当我们利用课本学习时，我们看到的是前人用智慧反复打磨和推敲的精华，这其中人类传承的意味不由得令人清醒。然而，前人的知识和智慧又从哪里来？从这个世界本身。课本是一个快捷手段，它给我们基础，让绝大多数人凭借其中的知识和方法在社会上生存。如果想要有所突破，想要更清醒、成就己身，或是想要“大效于世”，从世界有意识地学习是必需的，即四中所谓的“大气学习”。打破对自己知识、思想的束缚，去探索世界。更何况人生生也有涯而知无涯，凭借学习我们总能体会到超出自身生命长度的东西，使自身不动却跨越时空。不过，学习也是需要不断锤炼、反思的显得无聊累人的过程。我真心敬佩对知识怀有热情的人们，他们希望通过学习达到某种程度上的完满与快乐，不白活这一遭着实令人敬佩。不过我在知识和能力上仍有很多不足，高三是一个需要努力爬升并突破的阶段。2019 年要朝这个方向继续努力啊。

说完了可选择的磨难，不得不提我选择的非磨难。它们支撑我，让我享受到更轻松的人生之乐。电影和书依旧忠实地陪伴了我，而 2018 年又新加入了一个重要的元素——音乐，基本上是摇滚乐，来自 20 世纪下半叶。迷幻缥缈的平克·弗洛伊德和地下丝绒乐队助我安眠，华丽宏伟的皇后乐队和大卫·鲍伊使人振奋，在滚石和披头士简单却丰富的节奏陪伴下跑步总能跑出新纪录，等等。我经常看着马克杯上滚石乐队的大嘴，问自己：我怎么就听摇滚了？是为了装酷或者反社会吗？我不觉得。摇滚不一定代表激烈、朋克、反社会或者酷，它只是好听，而且契合人的心境。还是马尔库塞的那句话："艺术的本质是反叛，激情，对自由的渴望。"摇滚乐奠基人之一小理查德曾经这样描述："当我小的时候，黑人们结束一天的劳作回家时他们就唱起'今天我很累，但现在很快乐……'这种自编歌曲。在教堂里的黑人灵歌常常掺杂着拍手跺脚，就像摇滚乐演唱会……"正如任何出色的艺术家和文学家，摇滚乐手敏锐地抓住人们心中想要发泄的微妙细腻的共性，赋予他们韵律和生命力。我想用一个词来形容摇滚乐："raw"。形式和编曲可以华丽繁复，但情绪真实而原始，差不多就是酒神精神。这应当与我高三在压力之下的心情与不善情感外露的性格不谋而合。更何况，如果我真的追求让自己"高端"的音乐，我会硬着头皮听古典。

大卫·鲍伊在《改变》中释然地吟唱："时间可以改变我，我却无法追溯时间。"我一定在 2018 年改变了许多，而我却无法详细地追溯其踪迹了。比如选择跑步，选择学习，选择摇滚。但对于成长的改变来说，所有的线索都指向一个：磨难。有选择的或不能选择的，精神的或肉体的，这大概就是所谓的"天将降大任于斯人也，必先苦其心志……"。用那个议论文常用论据，树被砍过的地方长得最坚硬。生活中多一些起伏跌宕不是坏事，它们是活人才能体会的：正因为如此，人生才如此真切和珍贵。人生不是高速公路，而是盘山公路：弯曲险阻，终至高处。

昨天看完《末代皇帝》，我感受最深的是个人的命运在时代背景下只能随波逐流。我们终成历史的一部分，无从得知后人的历史课本上21世纪意味着什么。每思至此，我会想到“哀吾生之须臾，羡长江之无穷”“修短随化，终期于尽”“死生亦大矣”……这时20世纪大洋彼岸《猜火车》的台词就派上用场啦。选择人生，选择工作，选择保险、牙医、学校……对我来说，选择运动，学习摇滚，选择磨难和向上，选择在轴心倾斜日新月异的时代相信它们。

我会开着破旧的老福特或者银色的阿斯顿·马丁，欣赏盘山公路上的沿途景色，在AC/DC乐队的摇滚乐中感受汽车气喘吁吁地爬升或疾驰，时不时停下来加个油。也许翻车——但谁又能笑话信誓旦旦地说45岁以后不唱自己成名曲结果70多岁还在唱的米克·贾格尔呢？我不能，以后的我也不能。

# 涂鸦

高二时我喜欢在课本上涂鸦，尤其是在空白比较大的语文课本上。微笑、和蔼的刘和珍君，面容枯槁的祥林嫂，用到一半的橡皮，有关或无关课文主题，都是我描绘的对象。

而我记得最真切的是《兰亭集序》课文纸页上我画的一只大眼睛。之所以记得清楚，一是因为那是我少见的满意作品，眼间的褶皱和阴影都把握得恰到好处。二是因为在绘制即将完成的时候老师讲到了中心，而我坐在第一排，然后我抬头了。我好像被分割开——一半的我握着笔给大眼睛增添细节，一半的我看着上方老师的脸听王羲之在这惠风和畅的日子里发出没有答案的叹息。于是那只原本只是兴起而为之的眼睛便在自己的后续审视中增添了一些背后的思想情感：这篇课文里王羲之的眼睛会是这样吗？这只眼睛瞳孔收缩，是王羲之对“修短随化，终期于尽”的慨叹和惊惧吗？这只眼睛虽然惊惧但眉间舒展，是王羲之的释然吗？这只眼睛还不目视前方，是一种对无法解答的生命问题的无奈吗？我看着它，它不看我。究竟是大眼睛受到课文讲评的影响导致我的描绘主题不自觉倾向课文中心，还是这只普通的大眼睛受到我听课的影响在有意识地审视自己？我觉得对这些问题都难以给出肯定的答案。不管怎样，我想我大概是明白这篇课文了。

画人体非常好，画风景也非常好。我的风景画涂鸦与课文主题有更多相关，比如在《岳阳楼记》中“落霞与孤鹜齐飞，秋水共长天一色”，还有《赤壁赋》中的“白露横江，水光接天”。手中工具只有铅笔、橡皮、签字笔，就权当是西方写实与东方写意的结合吧。在老师的讲述中，同桌们和我尽力想象，把自己的内心画面反映到笔下。技艺不高超，但有了大概的感觉，明白了作者想描述的画面与背后的“意”。或宏伟瑰丽，或素净留白，或奇崛险恶。画画就像窗子一样为我打开了作者的意趣。后来高三讲《登润州城》，“鸟与孤帆远，烟和独树低”。搞不明白画面的“迷”，我抓耳挠腮。后来经过老师和同学的启发才明白过来：鸟与孤帆远在天际，烟与树相纠缠在脚下朦胧一片，一片迷蒙。我当即把这个画面画在笔记本上，更清晰。读不懂的写景片段，有时需要具体的描绘啊！从这个角度看，是不是也可以说艺术都是相通的呢？

涂鸦看似是个人兴起而为，实则是对课文的再加工和对自己思想情感的整合。娓娓道来的讲解和内心的思考碰撞缺一不可。更何况涂鸦能够细腻真实地反映出上课时的心境，使人回想起当时的场景，更尤显珍贵。相信即使在多年之后，再翻开高中语文课本，我还是会记得六边形的教室里，一位老师把他的学生们引入奇妙之境。

# 改革开放：纵浪大化中，不喜亦不惧

翻开《三联生活周刊》的改革开放人物专刊，那上面彩色的人像无一不具有淡泊却坚定的神情，从世界银行副行长林毅夫到亚洲短跑纪录保持者苏炳添，从经济、运动、文化再到科技，在过去四十年建设并见证了中华民族复兴之路的人们目光坚毅、若有所思又心如止水。

目光坚毅，是实现中华民族复兴的热情在胸中燃烧；若有所思，是在对所前行的道路的不断思考；心如止水，是对中华民族的复兴有坚定信心。热情、理性与信心构成时代发展的关键要素。

而在过去的一个多世纪中，中国的这三种精神似乎总是缺胳膊少腿：深重的战争掠夺与打击，在“学西”“学苏”间的犹豫，在全面守旧与学外中的徘徊，让许多人不得不重新审视自己的国家、民族和社会。

在时代的浪潮中许多人被淹没，而另一些人站上潮头成了弄潮儿。他们坚守着对中国信心的底色，在时代中硬闯出自己的路。时势造英雄，虽不是一句空话，但敢于抓住机会，成为第一批吃螃蟹的人们仍是佼佼者中的少数。他们知道自己想干什么，要干什么和怎么干。而干成以后不志得意满，而是向民族复兴的更高层走去，实现集体的利益：娃哈哈创始人宗庆后现在还穿着简朴的布鞋开会，尽量削减自己的花销，呼吁民生的改善。

正是因为有国家和集体在心中，改革开放的功勋们脸上才会露出那种神情——他们胸怀天下，而脚步永不停歇。

# 教育成就灵魂之美：知识，集体与道德

一个人赤条条地来到世界上，那么他便要接受来自人类社会的教育。如果没有外界对他的教化，他与生俱来的思考力便会退化，自己的潜力得不到开发，便在很大程度上失去了作为健全人类别于其他生物的自由、快乐与优势，使他最终成为与动物无异的游荡在文明社会之外的“野人”。

农业革命与工业、科技革命的开展与城市化使人类的地域联系日益紧密，每个人都不可能脱离社会生存。那么如何教育人使他适应社会便成为一个关键问题。

北京四中被视为中国教育的成功范例。它在整个风云变幻的二十世纪一以贯之“大气”的教学方针，培养出一批批报效社会的“大器”。所谓“大气”，简言之可以说是“把学生当人看”。我认为从其中可以提取出三个要义：对知识的终身追求，对集体的强大责任感，对自身道德理想的持续提升。

这三个要义是普遍通用的——从亚里士多德的“吾

爱吾师，吾更爱真理”到“君子任重道远”，再到“我的灵魂深邃而伟大，因而我认为我是幸福的”。纵观古今中外人类文明史，三种要义被不同的声音阐述，构建起人类文明的基石。故而这三个要义能够在历史发展的大浪淘沙中历久弥新，并不断被注入新的活力——因而这人类文明的精华越发弥足珍贵。

而这三个要义之间的关系也值得玩味：它们彼此相互支撑，相互作用，并无轻重之别并且缺一不可，就像一个稳固的三角形：缺少知识，集体生产便会停滞不前，而个人的对自身的追求也难以得到保障；缺少集体意识，人人都会自私，最终亡于物质资料匮乏；缺少高尚的个人理想，整个社会则会陷入一潭死水或囿于初级物质欲望。同时，任意一个要素不能被过分放大以至于盖过另外两个，就像三角形的一边长必定小于另两边长的和。

教育人不仅是社会的责任，更是人自身的责任。人的潜力是无穷的——“一个人只要有意志力，就能超越他的环境”。去开发人自身，实现突破他的自我是人的高贵所在。这种精神是日神精神与酒神精神①、现实与理想、理性与感性的融合与矛盾。而教育的要义正是在引导每个个体去接近这一点。但正如夸父逐日，这追求充

---

① 人类社会历史似乎总是受制于两种基本的冲动：一种是对外在理性所标画的超越世界的追寻，即尼采所说的“日神精神”；另一种是对个体内在情绪的抒发，即尼采所说的“酒神精神”。这两种冲动代表着两种基本的人生哲学观：走向世界，故追求成功；走向内心，故期望超越。

满曲折而永无尽头。诚然，我们还是要去追索尝试，因为目的不是意义，过程才是。

借助社会的力量，实施自我教育，充实丰盈自己的知识，回馈社群，追求自身的进化，去触摸人类的穹顶。那时尼采的话在我们心底回荡：上帝已死，超人诞生。

# 早霞

今天不过是个再普通不过的早晨。但当我和妈妈下楼后，却看到了绝美不过的景象。清晨的天空正被淡淡的粉红渲染着，一丝一笔，细致入微地将霞光的美好注入那绮丽的天空中去。

天空中的云朵像层层羊绒一样柔软，仿佛油画家笔下涂抹的画，美丽而不真实。云朵被霞光镀上的那层柔和舒服的颜色，几乎无法用只言片语形容，也是天才画家的调色板无法和出的。那颜色像粉红，又似橘黄，还有水洗天空后似的蓝隐隐想要透过来，大自然的魅力啊！每片云都那么立体而富有层次感，它们上面淡淡的边缘处的阴影恰到好处，所谓“云彩”啊！

整片天空就被这种梦幻的色彩覆盖着。那云朵上面，似乎就是仙境，是天堂，这底下的人们似乎都小心翼翼地安静地行走着，驾驶着，生怕惊着了云彩上安睡的安琪儿们。

太阳逐渐升起来了。云彩上的色彩越发浓烈起来，色调渐渐明亮，趋于红色——玫瑰红。

向前方看去，大厦的玻璃映照着天空，群鸟展翅飞过。

真是再美好不过的早晨！

心情也陡然美好起来。

# 秋雨

秋雨潇潇，雾气迷蒙。

本是国庆的大好日子，却落得这样一个阴雨天。行人或裹在深色的雨披里，或撑一把鲜亮的雨伞，匆匆走过灰暗的街道。

天空阴沉暗淡，小雨不疾不徐地下着。

果然，这样的天气就该待在家里。打开灯，望着细雨，沏一杯茶，品一本好书，不时打开窗嗅嗅新鲜的空气，总让人感到安心。

林语堂曾说过："我最喜欢秋天，因为它有一种成熟的美在里面。"的确，秋雨不像春雨般稀少，且如孩童般柔软；也不像夏雨，惊雷闪电，呼啸闪过，而实际降下来的内容却没有什么。它是血气方刚的青年，"光说不做"。冬雪恰如一个老年人，蹒跚着，失去了希望。

秋雨，像人的中年，如刚熟的果子，不青，也没有腐烂。

秋雨连绵，然而秋天短暂。人的中年，虽也短暂，我们沉淀和收获的却是最多彩的。可以说，秋雨便如一种人生智慧了，不疾不徐，缓步前行。

人的一生，便如四季，而雨（或雪）便代表着收获，秋雨是最好的。

今天天已放晴，因为成熟与智慧也是有乐趣的。

# 为什么喜欢吃辣

我是一个嗜辣的人，每日餐桌上必有辣菜。

酣畅淋漓，或许配上热汤，愈喝愈热，舌头酥麻，眼含热泪，垂涎三尺，愈吃愈带劲。辣，就是如此令人上瘾。

常说，辣并不是一种味道，而是一种痛感。有调查显示，中国人最爱的就是辣。那么，我们是不是可以得出结论：中国人都是“受虐狂”？人们是需要（微量的）痛苦的？

人们需要能让他们快乐的、爽的痛苦。作出了重大决定，拂袖而去，便有提心吊胆又畅快的感觉，就是生活的辣味。当然辣也会带给你一些额外的痛苦，比如吃辣椒后上厕所、双眼通红、“捶墙顿足”、疼痛难耐，就好比这个重大的决定失败了。

辣，并不能成为生活的主角。若一个人长期一直吃非常辣的菜，那么他很有可能会满脸痘痘，有口腔溃疡，还有痔疮。所以一个人不能总是做带有两面性的（可能）

弊大于利的事情。真正重要的，怕是平淡、鲜等生活之味。

那么问题来了，既然如此，你为什么还吃辣？为什么喜欢吃？不怕长痘吗？

我会回答："水煮鱼、麻辣香锅、麻辣牛蛙、麻辣小龙虾、巫山烤鱼、辣炒蛤蜊……"

# 现代人的生活方式

我的手机被没收了，通往二次元世界的大门被堵住了。

原因是："临近期末，老玩手机可不行啊！"（父母语）

地铁上玩不了手机，只能看书了……打个哈欠，抬头，女人们在玩手机，看到紧张情节猛地抬头，男人们的脸上映出蓝光。换个看书姿势，抬头，孩子们沉浸在紧张的游戏中。不禁感叹：这个社会是被手机控制了吧！惊觉，发现要不是手机被收，我也是其中一员。

不得不承认，手机的魅力无穷大。登完微信上 QQ，上完 QQ 刷微博，微博刷完看知乎……过多的新鲜资讯令人目不暇接，导致人们看上去什么事都懂，实际上什么都不懂。虽说这带动了高新技术产业（如软件开发）的发展，但人们的精神在贫乏啊。没品段子和网络语言占据了我们的话语。真怀念老一辈的文学大家们：季羡林、梁实秋，等等。他们是真幽默而非搞笑，心灵宁静，（基本上）琴棋书画样样精通，有精神知己，有能一起大吃大喝抒发真性情的朋友（强推梁实秋的《雅舍谈吃》）。但现在人呢？在微信上，是婉约小清新，笑点高，善良（从鸡汤中能看出）；在知乎上，是手工达人，是学霸博士，MBA，哈佛轻松考；在贴吧上，兴趣广泛，爱爆粗口，荤段子（一部分人）……好爽，但在现实中不过是伪现充[①]罢了。

有些人不服气了：你看美国人不也都爱看手机吗？但人家没有“生活=手机”的概念，人家该读书还是在读书，人家的精神生活还真不是手机。中国人应学习其他国家，放下手机，安静地读几本好书，寻找生活与手机的平衡。

中国人啊，不要盲目追求潮流，为“酷”而说脏话了。你们的几千年文化带来的生活方式，怕是绝不是这样的。

---

① 现充：指在现实世界中生活得充实的人们。不算是正规日语，属于年轻人所用的网络语言。

# 钱就像硬币，而它也可以是硬币

Pink Floyd 乐队曾经在一首名 *Money*（意为钱）的歌里唱道：钱，滚开吧！……钱，回来吧……我想也是，常人是断然没有叫钱滚开的魄力的。最终我们都想尽办法把它攥在手里。放眼全世界，莫不如此：GDP 的增量和增速是国家最关心的，这个社会告诉我们去消费，去花钱，去拉动经济增长。

那我们为什么要花钱？除去上述目的之外，这个问题的答案我们心知肚明，史铁生也在文中作了思考：为了人类社会的进步与发展，更好的生活品质，种种。接下来的问题就有些困难：我们花的钱都去了哪里？

钱的本质是固定充当一般等价物的商品，用于进行更方便的商品交换。从这个思路捋下去就是经济学范畴了，这就不好说了。所以我们换一个思路：看看我们日常生活中的钱都去了哪里。

衣食住行，买提高生活情趣和生活质量的小玩意儿，再算上文化消费。这是我们大多数人的消费情况，即有所节余而总觉得不够。于比尔·盖茨、卡耐基而言，我们即使想用它做些高尚的事情也总觉心有余而钱不足。更别提更多的人成了房奴、车奴，一辈子为钱奔波——以至于生活的目的就变成（赚）（省）钱。其中更有甚者——去看看那些贪污的官员和包工头吧。真应了《教父》中的那一句“给他一笔不能拒绝的钱！”

钱本应是作为工具而被人们使用的，但它却经常反过来变成束缚人的枷锁，甚至引人堕落。也难怪 Pink Floyd 的 *Money* 中还有一句歌词：钱是罪恶，是万恶之源。

然而——正如那句老生常谈所说——任何硬币都有两面。钱可以是硬币，无论是实际意义上的还是字面意义上的。有正必有负，钱也有两面性。那些世界顶级富豪对钱的清醒认识以及对钱的善用让我们看到希望。伴随经济发展，人们花钱越来越快，未尝不代表人不会在精神道德上有所进步，甚至还能促进教育和文化水平的提升。

说白了，钱可以成为、可以成就无限的可能性。决定权都在我们的手里，和钱多少没关系。它当然可以成为权力交换的筹码，但我们也可以赋予它希望与崇高。

最后，我们呼应题目掷一枚硬币，人头/数字，代表好用途和希望；建筑/花面代表不好的、坏用途。然后你会发现，它们面朝上的概率几乎是1:1。

# 与君绝　祝君好

今天我就要走啦，永永远远地离开你。我会渡过淇水，沿着我来时的路回去。那个时候，你害羞得一言不发，不敢抬头；现在，即使我的脸色日渐暗沉，性情逐渐忧郁，你也视若无睹。

究竟是什么时候变成这样的呢？仔细想来，我也不得而知。你对我的厌倦、漠视与冷淡并没有确切的开始。如果非要说的话，大概就是我们在一起之后才发生的吧。我常常在想，如果我们没有交集，那一天你没有抱着你的布料来到我们家，我们会变成什么样呢？也许你会是我的一个亲近的朋友，像我的兄长们一样的存在。也许我们都会得到幸福，和对的人在一起，像村子里的许多人一样相守一生。但现在，你的态度令我失望，我们都没有幸福。我离开，是为了自己，也是为你。

我现在在桌子上写这封应当被称作信的东西，抬起头来可以看到院子里的桑树和一旁叽叽喳喳、蹦蹦跳跳的麻雀。现在正是桑树结果的季节，紫黑色的桑葚掉了满地。贪嘴的麻雀吃了太多，身子都圆滚滚的了，以至于飞起来的时候总要费劲地扑腾几下翅膀。太贪心是不好的。吃东西也好，赚钱也好，爱亦如此。那时为了得到你的爱我付出了太多，是我太天真太幼稚啊。狗一样的热切付出换不回同等的回报，猫一样的若即若离反倒讨人喜欢。你在外面有其他人吧？他们是不是都故意地小心地收起自己的情感，等待你的付出？

风吹进房子里了。在这个角度外面的阳光刚好照到我的脸上，我不得不眯起眼睛，看桑树在视野里模糊成一片深绿。在三年前的一个夏天，你我曾经坐在那片树荫下吃桑葚。我还记得当时的天空蓝得很热烈，没有一丝云彩。那个时候世界是静止的，只有你和我在移动手臂拾桑葚吃。你的嘴唇被桑葚染成深紫色——很甜——你说我也是。现在想来那真是恍如隔世，回想这段记忆的时候我仿佛一个局外人，景象于我是不真实的。将我的记忆再向前追溯，我还记得你小时候的样子。那个时候我们玩得多开心，多快乐！而现在徒留给我无尽的感伤与怀念。当时人人都预言我们幸福美满，而现在看到我的处境，我的兄弟们却不以为然。

也许我们真的不合适吧。我认为我的生活不能这样一直不快乐下去，你也是。过去的就先让它过去吧，明天又是新的一天。所以，不要为我的不辞而别而愤怒，或者后悔没有好好待我而悲伤。我们就此分别开始新的生活吧。

我把这封应当被称作信的东西压在了我们的陶水罐底下，这样你一回来喝水的时候就能看见。不知道你还记不记得，这个水罐是我们刚结婚的时候一起做的。

不能再多写了。我该走了。记得去打水，桑树该浇水了。那么从此以后，祝你我一切都好。

再见了！

# 有所信仰的

英国哲学家雷德蒙·塔利斯在他的作品中论述了人的四种普遍欲求，为生存，为愉悦，为确认自我价值，以及一种试图理解周围世界与同类的欲求。最后一种欲求可以被解读为人类对世界的求知欲与对自身存在的根本确认，与第三种欲求一样，是人类身为动物而又超越动物的存在情况。

人有着发达的大脑与高度进化的思想，这使得他们在探究世界的过程中产生了对“形而上”的探究欲——他们渴望意义，渴望为自己的存在与每一项活动寻找一个终极目标。哲学，与此相关的艺术作品纷纷诞生，叩问着这扇千古问题之门。

对生命意义的寻求是危险的深渊。如在那个圣埃克苏佩里虚构的要塞，“我禁止有人提问题，深知不可能存在解渴的回答，那个提问题的人，只是在寻找深渊”。古今中外的自杀者，多少曾给出活着没意义的理由?

在生命意义寻求的彷徨之中，信仰支撑人们。信仰可以是宗教，可以是精神，可以是国家和民族。玄奘暮年周转于声色犬马却内心笃定，是因为他信仰着佛教，认为佛教必须被传承；支撑司马迁著就千万绝唱《史记》的，是他对英雄的信仰，这信仰既是给痛不欲生的自身的勉励，又是中华民族对正直与伟大之坚信的文化传承的指向标。也如圣埃克苏佩里所言："你的语言若有意义，向你显示上帝。"上帝便是信仰，信仰内化于你虔诚的语言、思考与行动中。

信仰体现的是对前述第四种欲求的解答。尝试，亦是一种妥协，是人在物质生活与形而上精神间的平衡点。有了信仰，再庸常的日常生活也显示出神圣；有了信仰，生存寻找到了意义与安身之处，精神不再漂泊彷徨。

"石头是材料，神殿才是意义。"换言之，平常生活是我们的石头，指导引领我们进行建造的信仰便是我们的神殿。在日常生活中构建起我们的神殿，寻找我们的信仰是必要的，为此我们既需从现实中用心生活，又需进行有意识地追问和反思。我们无从得知玄奘在艰苦漫长跋涉后如何在菩提树下那片荫凉中觉悟。也许是从枝叶中漏洒下来的阳光过于明亮，也许是远处的红墙绿树在视野中虚化又清晰，也许只是一阵风吹草动或什么也没有发生。但如果玄奘没有跋涉或没有恒久追寻生命的答案，玄奘不足以有信仰，也不足以成为玄奘。

回到现实，我们寻求自己的信仰。它可以是对家人的责任与爱，可以是对人类的大爱，可以是认真的生活态度，也可以是家国天下的情怀。它可以是对传统固守的一颗匠人之心，还可以是对无穷未来的满腔热情。它是《老人与海》中圣提亚哥的大马林鱼，是它令你步伐坚定，奋勇拼搏，支撑你在沙漠中寻找绿洲。

“我不想成为一棵树，我想成为它的意义。”土耳其作家奥尔罕·帕慕克曾言。对无法解答的生存终极问题，死亡也只是逃避而不是解脱。信仰是人们永恒的向往与永恒的乡愁，将人们从那温和的良夜中拯救出来，诗意地栖居于大地之上。而信仰的答案，则要自己在现实中慢慢体悟。

# 在冰水里①

荷尔德林言人要诗意地栖居于大地之上，但大地常常又将我们束缚。也许正如卡尔维诺的树上男爵，当我们为反叛和对抗将我们的精神放飞到热气球上，我们只能存在于想象之树上。人就在这样的斗争中相对平衡地存在，既不成为动物，也不成为游魂。

我希望追溯历史，目及远方，活在当下，展望未来。我渴望了解这个世界的内在规律和它的美丽丑恶。也许我能够知道三角函数为何如此，也知道哪里的巧克力最好吃。也许我可以与绝对精神相感应，与自己的内心对话。

因为我们什么都带不走。

面对困难和挫折，我们当然是沮丧的，这一点不可否认，并且否认只会加剧你的纠结与痛苦。这就好像皮肤上的伤口，你不能遮住它了事，必须有酒精清洁和持

---

① “在冰水里”有三重含义：一是冷，指跌落谷底的通体绝望；二是在清澈的冰水里看得明晰，能有冷静的思考；三是热，在冰水中浸泡后，离开水时会顿感周身有光明的火焰傍身，看到希望。

续的护理。换言之，你要以痛苦的突破为代价，用耐心呵护它。然而痛苦的突破也必须是正确的，这一点在实践上总是最困难的：你不能在伤口上浇汽油。

理论与实践相依存，却又存在着不可弥合的鸿沟。学习如此，艺术亦如此。摇滚歌手的歌词背后蕴含着无限的希望与孤注一掷的决绝。当碰到同样的现实问题时他们其实更敏感才对吧？因而才有无限丰富的感知与被放大的痛苦。但他们无法用自己的创作抵御现实的困境，只能通过形式抒发自己的情感。而正是这一悲剧性造就了他们坚强又脆弱，华丽又粗野，高贵又原始的艺术表现与个人形象。

罗曼·罗兰说：世界上唯一一种英雄主义就是看清世界并爱它。我想这世界并不只指外部世界，也包含自己的内心世界。正视自己，接纳自己，塑造自己。我们是自己最大的伙伴，也可以是自己最大的敌人。

因为我们躲不开自己。

人本质的痛苦都是对自己无能为力的愤怒。无能认识现状，无能正视现状，无能改变现状。我们在这种痛苦中走出舒适区，磨平自己的棱角，学着让自己开心。这看似是对世界的妥协，却是唯一的出路，因为人与客观世界不可避免地存在矛盾，而人只能活在世界之中——除非以死亡的方式否定自己的存在。归隐也不是解决问题的根本方式，矛盾依旧存在：大概是陶渊明田园山水背后的一点忧郁和对普世价值的留恋。从这个角度看 27 岁死在浴缸里的吉姆·莫里森，那是真正的对世俗的反叛：他太早地接触了具有超越意味的毁灭性的悲剧美，唱到动情处在舞台地板上抽搐。他说："来点燃我的生命之火吧，来吧，来吧，否则我们无法到达高潮。"我以为这里的高潮是生命如烟花般的绽放，是对人生大彻大悟之后的粉碎空虚，是彻底的毁灭与庆祝，是极乐的涅槃。跨越时空，《红楼梦》也有着这一层意识：白茫茫的大地上真干净！不过内核不同：红楼没有给出诗意生命枯萎之后这个世界的出路与答案，只余叹息；但吉姆·莫里森大概就是尼采所言的酒神精神，以艺术的形式对这个世界作出反叛，追求绝对的精神自由，忘却俗世的痛苦。痛苦，即人类为自己的日神精神所作出的痛苦适应。同时他在艺术上的纯粹追求也可以被解读为不惧高飞终而死亡的伊卡洛斯之精神。

总结一下，人生没有确定的答案。它很具体却又抽象。为了好好活着（因为我们决定了不去选择莫里森的路线），我们不妨借鉴学习的辩证法：回归基础，回归日常生活。理论永远是次要的。如果严格依照某种理论或精神、理念的力量去生活，人会分崩离析。从摇滚的角度来讲，这也是为什么酒神精神的大门只是昙花一现，而成天念叨姑娘的滚石折腾过了半个多世纪。

夜晚可以让一个难过的女高中生成为哲学家，并让她在第二天早上感到非常困。

# 安吉，安吉

“我是安吉。找我有事?”这是我第一次见到安吉的时候她冲我说的话。

安吉这女人，体型不大，气势不小。我不由得变得诚惶诚恐起来，我也忘了为什么要找她了。

“……算了。”安吉看我嗫嚅的样子，挥挥手，“那我们就随便谈谈。”她顺势坐下来，我也在她的对面坐下。

安吉，安吉。你好。

现在我们在这里。我们可以说任何话。

我什么都不知道，但我也知道很多东西。

你的眼睛里闪烁着什么?你低头的姿势出卖了你。我看见你在逃避与蒙蔽中分崩离析，变成亮闪闪的碎片。

请救救我。我不想死。我想成为很厉害的人，我想体验所有的好东西。

安吉蓬松的发梢在午后的阳光里闪着金色的光，窸窸窣窣地抖动。

我爱你。

哦，亲爱的，有时候明天还可以更糟，但有时候它可以变好。

只要你不去在意它。

只要你不去在意它！

活得真实就好，做你自己。

我曾经在哲学与文学的璀璨星空中听那些星星们呢喃，也在几何与历史的镜子迷宫中逡巡穿梭。我与你躺在绿色的草坪上看头顶骄阳与碧空，或是浅淡的粉蓝色与橙红交织而成的情感。

它们把我带向更高更好的地方，我的双脚逐渐脱离了地面。

我们与天空离得太近，大地不再成为我们的依托。我们乘着彩色光芒的肥皂泡一路向上，最终肥皂泡再也支撑不住气压与重力，只能在阳光中破灭成七彩的碎末。

然后我们就从天空跌落下来。

然后我们就从天空跌落下来。

那些星星越来越远了。我们甚至不能在天空中挂上自己的星星。那种感觉很痛。我们无助地坐在地上，等待着救援。

我们不再是我们自己，没有比这更痛苦的了。我们不是孩子，但只是孩子。

然而有什么呢？我依旧爱你。

所以，让我们重新回到大地上入睡。当我们睁开眼睛，我们能看到所有的世界一切照旧。没有什么真正发生。

安吉低下头哭了，她形象全失，哭得七零八落。蜜色的皮肤柔和地发亮。

我们依旧相爱。我们会支撑彼此向前走，看着对方长大变老，痛苦快乐。

你可以看到玛瑙一般闪闪发光的大道、鸢尾花深处的小径与迷宫混沌中的镜像图书馆。

只要我们拥抱彼此，进入对方的同时接纳对方，彼此相爱，成为一个人。

安吉，安吉。

我看见，在风中，安吉蓝得像天空，又金光闪闪，雍容华贵得像一位女王。她又红得那么决绝，就像要在一切失控之前抓住自己的梦想。

安吉的脸部肌肉向上牵动，橙色的嘴唇微微张开，拢成几个音节。

Let it be.

我知道了。只要我回头，安吉就在那里。她一直都在那里，等待着我去牵她的手。

我迈出一步。

# 防火卷帘冷却喷淋水泵接合器日

“天启来临的一刻通常很小，就像冰水滴在头上”。生活中经常有这样的瞬间。比如今天，我就像遇见初恋的男孩一样在一块印着“防火卷帘冷却喷淋水泵接合器”（sprinkler inlet for fire shutter）的银色金属牌子（装在一面黑墙上，像一件艺术品或者什么名牌的招牌）上找到了怦然心动又怀念的感觉。

不过这不是恋爱，这是对生活、艺术和世界的感受。世界很大，我们能做的事情其实很多。我们很自由。通过这块色调冷淡、简单，荒谬、正经又美丽的牌子，我感到像冰水滴在头上，脊梁骨被人戳了一下，有人朝我的心开了一枪而子弹慢慢地在我的心脏里停止旋转。世界被无限地放大了，我和世界通过这块牌子加深了联系。“艺术广大已极，足可占有一个人。”

这种感觉来得毫无理由。你感觉世界不一样了，你也是。很多时候我们把它叫作灵感或成长。在某件事情发生后你不会立即成长为另一个人，只有在时间的长河中耐心地行动和等待，等到某天俯身捡起一个东西的瞬间或是仰望天空的时候抑或其他的某个瞬间，你就毫无防备地被金箭射中了，然后才慢慢回过神来，感到自己的成长，就像是潜伏期很长的后遗症。从量变到质变，要注意把握时机，政治课本如是说。然而这种时机是无法把握的。

成长不意味着脱胎换骨或者破茧成蝶。也就是说，你感受到那样的瞬间以后不意味着你是个新人了，你只是长大了一点，和某种东西的联系又紧密了一些，“自我”的存在感更加强烈。你的创造力，感知力和想象力的触角更加发散到世界的角落里。

明天我还是刘天瑞，Jasper Liu，学号30520。我还是喜欢电影、书、巧克力、摇滚乐和所有美好的东西。我还要做题，为高考做准备，选择人生。我不会终日在这种感觉里纠缠和跳跃，我还是会为小事丧气、自卑，也会为傻得不行的东西发笑，感悟生活。但这一天很特殊，对我有纪念意义，索性就叫它“防火卷帘冷却喷淋水泵接合器日”吧。之后如果我们在11月11日见面，请对我说：“防火卷帘冷却喷淋水泵接合器日快乐！”

# 给北京大学

大学是用来干什么的？一般来说，大学脱离了基础教育，隶属于高等教育的行列。它提供了一个更加宽松自由的教育平台，使得每个人都能够充分钻研、发展自己的兴趣特长，以便锻炼自己的能力，为生活和工作做准备，云云。

但我以为北京大学（以下简称北大）不是这样的。北大的前身京师大学堂建校于戊戌变法时期，在中国一百多年的浮浮沉沉的近代化历程中起着不可或缺的作用。深厚而特殊的历史文化底蕴与家国天下的价值取向使它与国家命运紧密相连。北大既是中国历史的见证者，同时也是推动者。无论哪个时期，哪个领域，只要有关于国家命运、世界发展的事情，北大从不缺席，并且从来都是先驱者。这一点吸引着无数渴望投身于社会、国家乃至世界建设的人才慕名前来：林毅夫教授在几十年前奋力渡水跨过台湾海峡，只为投入新中国建设；毛主席不也做过学校的图书管理员嘛。

北大并不是“精致利己者”用来标榜自己和谋取利益的头衔与手段；选择北大意味着选择责任和担当，选择理想，选择与国家社会紧密相连，同出入、共生死。

现在北大一如既往地端庄矗立在海淀区颐和园路，处一片城中桃源中：那里未名湖碧波荡漾，雁栖塔高耸典雅，莘莘学子怀揣家国天下的梦想，与世界、未来接轨，四处奔波。

我愿意选择北大，愿意加入祖国建设的行列。这里有着前所未有的大气与优秀的资源，都期待着得到有志之士正确地利用。进入新时代，在中国快速发展，跻身世界第二大经济体的背景下，中华民族伟大复兴的梦想似乎前所未有地接近。这便需要每个有责任的中国人不遗余力地发挥自己的光与热。我为身为中国人感到骄傲，无论它贫穷还是富有，落后或是先进，我愿意在北大利用优秀的资源去做有利于国家发展的事情。

在实现国家利益的同时，个人内在的驱动力必不可少。于我个人而言，我的动力便是追求智慧与自由。智慧的释义中，古希腊人讲得很好：智慧是对最高的事物的爱，所有最高级的东西，真、善和美。它包括理性但并不止于理性；它包括真理但不会把真理还原为用理性确立的东西，它没有把善和美从真当中排除出去。我喜爱美的，好的，真实的事物：我欣赏艺术中或和谐或错乱怪诞的美感；我喜爱文学家笔下的妙语连珠、摄像机下的光影变幻、音乐旋律中的引人入胜；我喜爱美丽的人、善良的人、优秀的人；我喜爱在题海中跳脱出去寻找到数学公式后精妙的逻辑回环；我喜爱地理现象后的万千世界与地球最初的有力脉动，在史海中棹一叶孤舟，寄蜉蝣于天地，于时空。无论美与丑，这个世界的真实吸引着我。美与丑在某种意义上都是美的体现：本质上都是这个世界内部逻辑相洽，机缘巧合中碰撞出的无数奇妙产物。站得高了，了解得、经历得多了，我相信我会寻找到世界深层次的美感，并从中真正解放自我，做一个真正的、自由的、健全的人。

可以看得出来，我是个文科生。而我不希望被自己的专业所局限，我希望成为一个跨学科、跨专业、跨领域的“斜杠青年”，如罗素、布莱恩·梅，将各种知识与丰富的见闻集于一身并将它们进行碰撞，我相信那会是绚烂的，皓若繁星。北大人文学部的“跨专业”设置为我的这一希望提供了肥厚的沃土，而我又怎能不心向往之？

具体来说，我向往的学科是哲学、社会、艺术、文学、语言、心理，等等。哲学是爱智慧，而它所研究的本质方法适用于许多的研究领域。在大学的学习过程中，我会尝试某些海外大学的课程安排，在第一学年尝试交叉选择多种课程，在第二学年开始决定自己专精的领域。这会是个有点艰苦，但非常有趣的过程，在这其中我时间统筹的能力、对学科的把握能力、综合学习能力都会有大幅提升。如果可能的话，我还想选学理科课程：另一种精密的美感和富于逻辑的智慧，从中同样能看到整个世界。

哈佛大学的校训是拉丁文的“真理”，剑桥大学是“此地乃启蒙之所，智识之源”，哥伦比亚大学则是“借汝之光，得见光明”。同样作为世界级的顶尖名校，北大虽没有明确的校训，但本质相通：热爱智慧，寻得思想的光明。在不同的地域背景下，出现人类共同的追求是可贵的，而具体情境中追求的含义与方式又都有所不同。因而我也希望多见闻，在自己的学习生涯中去到另外的但同样热爱智慧、关怀人类的地方深造。在第三或第四学年，或是研究生阶段我可能考虑出国学习，既可以长见识也能练能力。博采众长，以长自身，壮国家，厚世界。

那么最后，我希望在北大成为一个怎样的人？

我的回答是：寻找美感，追求真理，不懈创造。我不敢夸下海口，只求我既能“厚其积储、大效于世”，也能“耳得之而为声，目遇之而成色，取之无禁，用之不竭”。

我将向着真理和智慧，继续奔跑。

# 后　记

## 跳跃　探索的　具有极高自主性的　宏观的

你总能从作者的作品中看出他或她是个怎样的人。海明威是不修边幅的喜爱大自然的硬汉，菲茨杰拉德站在他的对立面，莫言非常热爱他成长起来的那片粗犷土地……撇开文学家们不说，从任何一个人的文字创作中都可以窥见他们的性格。在某种意义上，文字是一面镜子。

那对于我呢？我的作品是怎样的？从我的作品当中又能读出什么？

你看，我又在文章中发问。非虚构类的作品中我总是在提出问题。随着文章的继续，问题最终得到解决。写文章的过程就是一个思考问题的过程：有时在下笔的时候我都没有预料到后续的发展。新的想法总是涌现出来，大脑总是不断联想起很多观点和素材。这有点儿像戏剧，矛盾、问题出现，然后解决。

所以，可以说我的作品是带着好奇和探索性质的。

看作品时，你可以看到我的思考过程。

于是相应地，根据唯物辩证法，普遍存在于事物中的矛盾出现了——这种“边想边写”的习惯会使逻辑不那么清楚，有些想法与文章似乎没什么关联。逻辑问题对写作而言是至关重要的，搞不好非常致命。我正在尝试改善这一点，希望能够在努力中能有成效。

那么，其他人都怎么看我写的东西？同一个形容词相继被我的语文老师和英语老师说出口：有灵气。“灵气”这个词的定义非常模糊，我只能模糊地根据我的印象去非常通感地描述一下：就像一种气味，你感到耳目一新又特别，而又不知道它的源头。

这又涉及我写东西的另一个特点：爱用感觉和抽象的印象。因为这是我所能感受到的直观的东西，而对这种感觉的捕捉我认为是美妙而重要的，比如欣赏艺术品：看到的第一眼会宛若脑后被重击一样昏沉，而后才是对它的仔细观察和欣赏。这种被击中的感觉是艺术想要传达给我们的，作品同理。在文字上，没什么比以新鲜的方式描述自己的感觉更能准确地把作品的精神传递给读者啦。

而在着重描述这种细腻感受的同时，我在文章中的另一个偏好，或者着重点就是把自己的视角放宏观。以小见大，摸索事物的本质，寻找它们内在的精神，看见人类、社会、世界乃至宇宙——不过宇宙还只是我的目标，那可需要相当丰富的知识储备和精神成熟度。

写作是美妙又受难的过程，我记得某个作家这样说过。这同样适用于我。在写东西这条苦涩甜美的道路上已然走了十几年（算上小学生习作），将来还会随着我的人生和世界的发展走得更远。我将保持谦虚，向前看，也向后看。